LES
AUTEURS LATINS

EXPLIQUÉS D'APRÈS UNE MÉTHODE NOUVELLE

PAR DEUX TRADUCTIONS FRANÇAISES

L'UNE LITTÉRALE ET JUXTALINÉAIRE PRÉSENTANT LE MOT À MOT FRANÇAIS
EN REGARD DES MOTS LATINS CORRESPONDANTS
L'AUTRE CORRECTE ET PRÉCÉDÉE DU TEXTE LATIN

avec des sommaires et des notes

PAR UNE SOCIÉTÉ DE PROFESSEURS

ET DE LATINISTES

HORACE

LES ODES ET ÉPODES

EXPLIQUÉES LITTÉRALEMENT
PAR M. SOMMER
TRADUITES EN FRANÇAIS ET ANNOTÉES
PAR M. A. DESPORTES

Tome deuxième

L. HACHETTE ET Cie
LIBRAIRES DE L'UNIVERSITÉ ROYALE DE FRANCE

A PARIS   A ALGER
RUE PIERRE-SARRAZIN, N° 12   RUE DE LA MARINE, N° 11
(Quartier de l'École de Médecine) (Librairie centrale de la Méditerranée)

LES

AUTEURS LATINS

EXPLIQUÉS D'APRÈS UNE MÉTHODE NOUVELLE

PAR DEUX TRADUCTIONS FRANÇAISES

Cet ouvrage a été expliqué littéralement par M. Sommer, ancien élève de l'École normale, agrégé des classes supérieures des lettres, traduit en français et annoté par M. Aug. Desportes, traducteur de Virgile.

DE L'IMPRIMERIE DE CRAPELET, RUE DE VAUGIRARD, N° 9.

LES
AUTEURS LATINS

EXPLIQUÉS D'APRÈS UNE MÉTHODE NOUVELLE

PAR DEUX TRADUCTIONS FRANÇAISES

L'UNE LITTÉRALE ET JUXTALINÉAIRE PRÉSENTANT LE MOT A MOT FRANÇAIS
EN REGARD DES MOTS LATINS CORRESPONDANTS
L'AUTRE CORRECTE ET PRÉCÉDÉE DU TEXTE LATIN

avec des sommaires et des notes

PAR UNE SOCIÉTÉ DE PROFESSEURS

ET DE LATINISTES

HORACE

ODES ET ÉPODES
Tome premier

L. HACHETTE ET Cie

LIBRAIRES DE L'UNIVERSITÉ ROYALE DE FRANCE

A PARIS	A ALGER
RUE PIERRE-SARRAZIN, N° 12	RUE DE LA MARINE, N° 117
(Quartier de l'École de Médecine)	(Librairie centrale de la Méditerranée

---

1847

AVIS

RELATIF A LA TRADUCTION JUXTALINÉAIRE.

On a réuni par des traits les mots français qui traduisent un seul mot latin.

On a imprimé en *italiques* les mots qu'il était nécessaire d'ajouter pour rendre intelligible la traduction littérale, et qui n'avaient pas leur équivalent dans le latin.

Enfin, les mots placés entre parenthèses doivent être considérés comme une seconde explication, plus intelligible que la version littérale.

ARGUMENT ANALYTIQUE.

Ode XIII. A Lydie. — Horace décrit ce qu'il éprouve de tourments aux éloges qu'elle fait de la beauté de Télèphe. Il essaye de la détourner de cet amant, qui, dans les emportements de sa passion, la blesse et la meurtrit. Il vante la douceur d'un amour sans querelles.

Ode XIV. A la République. — Sous l'allégorie d'un vaisseau, il exhorte la République à ne point s'exposer de nouveau au danger des guerres civiles.

Ode XV. Nérée prédit la ruine de Troie.

Ode XVI. Palinodie. — Il demande grâce à Tyndaris, irritée des vers qu'il avait faits contre elle.

Ode XVII. A Tyndaris. — Il l'invite à venir partager les délices de sa maison de campagne.

Ode XVIII. A Varus. — Il recommande à son ami la culture de la vigne; mais en faisant l'éloge du vin il en proscrit l'excès.

Ode XIX. Glycère. — Horace avait dit adieu aux amours, mais la beauté de Glycère le ramène sous leur empire. Il fait un sacrifice à Vénus pour se la rendre favorable.

Ode XX. A Mécène. — Il l'invite à un repas frugal, et le prie d'excuser la médiocrité de son vin.

Ode XXI. Hymne en l'honneur de Diane et d'Apollon. — Le poëte fait des vœux pour le salut de l'empire.

Ode XXII. A Aristius Fuscus. — L'homme de bien n'a rien à craindre.

Ode XXIII. A Chloé. — Il cherche à rassurer Chloé qui le fuyait, et l'engage à s'affranchir de la garde de sa mère, puisqu'elle est arrivée à l'âge d'avoir un amant.

Ode XXIV. A Virgile. — Il déplore la mort de Quintilius.

Ode XXV. A Lydie. — Il lui parle de la solitude dans laquelle la laissent les amants, et lui dit que bientôt vieille et sans charmes, en proie aux fureurs de l'amour, elle verra ses feux méprisés.

Ode XXVI. A Elius Lamia. — Le poëte veut célébrer dignement son ami Élius Lamia.

ODE XXVII. A ses Amis. — Qu'il faut se tenir en garde contre les excès du vin et les piéges de l'amour.

ODE XXVIII. Archytas. — Archytas, étendu mort sur le rivage de la mer, demande la sépulture à un nautonnier.

ODE XXIX. A Iccius. — Il le raille de ce qu'il a renoncé à la philosophie pour prendre le parti des armes.

ODE XXX. A Vénus. — Il la prie d'agréer un sacrifice que lui offre Glycère.

ODE XXXI. A Apollon. — Ce ne sont pas des richesses qu'il demande : le poëte se contente de peu, mais il désire vieillir sain de corps et d'esprit, et sans déposer sa lyre.

ODE XXXII. A sa Lyre. — Il lui demande des inspirations.

ODE XXXIII. A Albius Tibulle. — Il cherche à le consoler de l'inconstance de Glycère, qui l'a quitté pour un nouvel amant.

ODE XXXIV. Retour au culte des dieux.

ODE XXXV. A la Fortune. — Il l'invoque pour Auguste et pour la prospérité des armes Romaines.

ODE XXXVI. A Plotius Numida. — Il le félicite sur son retour d'Espagne.

ODE XXXVII. A ses Amis. — Qu'il faut se réjouir de la mort de Cléopâtre.

ODE XXXVIII. A son Esclave. — Il lui recommande la simplicité dans les apprêts d'un repas.

HORATII

CARMINUM

LIBER I.

CARMEN I.

AD MÆCENATEM.

Mæcenas, atavis edite regibus[1] ,
O et præsidium; et dulce decus meum :
Sunt quos curriculo pulverem Olympicum
Collegisse juvat, metaque fervidis
Evitata rotis palmaque nobilis   5
Terrarum dominos evehit ad deos;
Hunc, si mobilium turba Quiritium[2]
Certat tergeminis tollere honoribus[3];
Illum, si proprio condidit horreo
Quidquid de Libycis verritur areis[4].   10

ODE I.

A MÉCÈNE.

Toi qui comptes des rois parmi tes aïeux, Mécène, ô mon appui,
ô ma douce gloire! il est des mortels qui aiment à faire voler la poussière dans la lice Olympique; et l'honneur d'avoir de leurs roues brûlantes évité la borne, et la palme glorieuse qu'ils obtiennent, les
élèvent au rang des dieux maîtres du monde. L'un est au comble de
ses vœux, si la foule inconstante des enfants de Romulus s'empresse
de le porter aux dignités suprêmes; l'autre, s'il a renfermé dans
ses greniers tout ce qui se recueille de blé dans les aires de la Libye.

HORACE.

ODES.

LIVRE I.

CARMEN I.

AD MÆCENATEM.

Mæcenas,
edite atavis regibus,
o et meum præsidium
et dulce decus :
sunt quos juvat
collegisse curriculo
pulverem Olympicum,
metaque evitata
rotis fervidis,
palmaque nobilis
evehit ad deos
dominos terrarum ;
hunc,
si turba Quiritium
mobilium
certat tollere
honoribus tergeminis ;
illum,
si condidit proprio horreo
quidquid verritur
de areis Libycis.

ODE I.

A MÉCÈNE.

Mécène
issu d'aïeux rois,
ô et mon appui
et *ma* douce gloire :
il est *des hommes* à qui il plaît
d'avoir amassé (soulevé) dans la carrière
la poussière Olympique,
et la borne évitée
avec les roues brûlantes,
et la palme glorieuse
les élève jusqu'aux dieux
maîtres des terres ;
à celui-ci *il plaît*,
si (que) la foule des Quirites
mobiles (inconstants)
s'empresse de *l'*élever
par des honneurs triples (suprêmes);
à celui-là,
s'il a enfermé dans *son* propre grenier
tout ce qui se balaye (se ramasse)
des aires de-Libye.

Gaudentem patrios findere sarculo
Agros Attalicis [5] conditionibus
Nunquam dimoveas, ut trabe Cypria
Myrtoum pavidus nauta secet mare.
Luctantem Icariis [6] fluctibus Africum   15
Mercator metuens otium et oppidi
Laudat rura sui; mox reficit rates
Quassas, indocilis pauperiem pati.
Est qui nec veteris pocula Massici [7],
Nec partem solido demere de die [8]   20
Spernit, nunc viridi membra sub arbuto
Stratus, nunc ad aquæ lene caput sacræ [9].
Multos castra juvant, et lituo tubæ
Permixtus sonitus, bellaque matribus
Detestata. Manet sub Jove [10] frigido   25

Celui qui met son bonheur à cultiver de ses mains le champ de ses pères, n'y renoncerait pas au prix des trésors d'Attale, pour aller, timide navigateur, sur un vaisseau de Cypre, sillonner la mer de Myrtos. Lorsqu'il voit le vent d'Afrique lutter contre les flots où périt Icare, le marchand effrayé vante le repos et les champs paisibles voisins de sa ville natale ; mais bientôt, indocile au joug de la pauvreté, il radoube ses vaisseaux maltraités par la tempête. Tel autre ne hait point les coupes de vieux Massique, et dérobe volontiers aux affaires une partie du jour, nonchalamment couché tantôt à l'ombre d'un vert feuillage, tantôt près de la source paisible d'une onde sacrée. Un grand nombre préfère les camps, et le son de la trompette mêlé aux fanfares du clairon, et les combats abhorrés des mères ; le chasseur, oublieux

Nunquam dimoveas	Jamais tu ne détournerais
conditionibus	*même* par des conditions (promesses)
Attalicis	*d'une fortune* d'-Attale
gaudentem findere sarculo	celui qui se plaît à entr'ouvrir avec la houe
agros patrios,	les champs paternels,
ut nauta pavidus	au point que matelot tremblant
secet trabe Cypria	il fende avec la poutre de-Cypre (un vais-
mare Myrtoum.	la mer de-Myrtos. [seau de bois de Cypre)
Mercator metuens Africum	Le marchand qui craint le vent-d'Afrique
luctantem fluctibus	luttant contre les flots
Icariis,	de-la-mer-d'Icare,
laudat otium	loue le repos
et rura sui oppidi ;	et les campagnes de sa ville ;
mox reficit	bientôt il répare
rates quassas,	*ses* vaisseaux secoués (maltraités),
indocilis pati pauperiem.	indocile à supporter la pauvreté.
Est qui nec spernit	Il est *un homme* qui ne méprise pas
pocula veteris Massici,	des coupes de vieux Massique,
nec demere partem	ni de retrancher une partie
de die solido,	du jour entier,
nunc stratus membra	maintenant couché quant à *ses* membres
sub arbuto viridi,	sous un arbre vert,
nunc ad caput lene	tantôt près de la tête (source) paisible
aquæ sacræ.	d'une eau sacrée.
Castra juvant multos,	Les camps plaisent à beaucoup,
et sonitus tubæ	et le son de la trompette
permixtus lituo,	mêlé au clairon,
bellaque	et les guerres
detestata matribus.	détestées des mères.
Venator manet	Le chasseur demeure
sub Jove frigido,	sous Jupiter (à l'air) froid,

Venator, teneræ conjugis immemor,
Seu visa est catulis cerva fidelibus,
Seu rupit teretes Marsus aper plagas.
Me doctarum hederæ præmia frontium
Dis miscent superis; me gelidum nemus   30
Nympharumque leves cum Satyris chori
Secernunt populo, si neque tibias
Euterpe cohibet, nec Polyhymnia
Lesboum [11] refugit tendere barbiton.
Quod si me lyricis vatibus inseres,   35
Sublimi feriam sidera vertice.

d'une tendre épouse, affronte les hivers pour atteindre la biche qu'a lancée sa meute fidèle, ou le sanglier Marse échappé de ses toiles.

Moi, couronné du lierre qui pare les doctes fronts, je m'élève au rang des dieux de l'Olympe. Les frais bocages, les danses légères des Nymphes et des Satyres me séparent du vulgaire obscur, pourvu qu'Euterpe n'impose pas silence à sa double flûte, et que Polymnie ne refuse pas d'accorder le luth de Lesbos. Mais si tu daignes me placer parmi les poëtes maîtres de la lyre, mon front sublime ira toucher les cieux.

immemor teneræ conjugis,	oublieux de sa tendre épouse,
seu cerva visa est	soit qu'une biche ait été vue
catulis fidelibus,	de ses chiens fidèles,
seu aper Marsus	soit qu'un sanglier Marse
rupit plagas teretes.	ait rompu ses filets arrondis.
Hederæ,	Le lierre,
præmia	récompense
doctarum frontium,	des doctes fronts,
me miscent	me mêle (me rend égal)
dis superis;	aux dieux d'en-haut;
nemus gelidum,	une forêt fraîche,
chorique leves	et les chœurs légers
nympharum cum Satyris	des nymphes avec les Satyres
me secernunt populo,	me séparent du peuple (du vulgaire)
si neque Euterpe	si (pourvu que) et Euterpe
cohibet tibias,	ne retienne pas sa flûte,
nec Polyhymnia refugit	et que Polymnie ne se refuse pas
tendere barbiton Lesboum.	à tendre le luth de-Lesbos.
Quod si me inseres	Que si tu m'introduis (me comptes
vatibus lyricis,	parmi les poëtes lyriques,
feriam sidera	je frapperai les astres
vertice sublimi.	de ma tête élevée.

CARMEN II.

AD AUGUSTUM CÆSAREM.

Jam satis terris nivis atque diræ [1]
Grandinis misit Pater, et rubente
Dextera sacras jaculatus arces
    Terruit urbem;
Terruit gentes, grave ne rediret   5
Sæculum Pyrrhæ nova monstra questæ,
Omne quum Proteus pecus egit altos
    Visere montes,
Piscium et summa genus hæsit ulmo,
Nota quæ sedes fuerat columbis,   10
Et superjecto pavidæ natarunt
    Æquore damæ.
Vidimus flavum Tiberim, retortis
Littore Etrusco violenter undis,
Ire dejectum monumenta regis,   15
    Templaque Vestæ;
Iliæ [2] dum se nimium querenti
Jactat ultorem, vagus et sinistra
Labitur ripa, Jove non probante, u-
    xorius amnis.   20

ODE II.

A CÉSAR AUGUSTE.

Assez longtemps le père des dieux a fait tomber sur la terre, et la neige et la grêle désastreuses. Assez longtemps sa droite étincelante, foudroyant nos temples sacrés, a menacé Rome, a menacé l'univers du retour de ce siècle affreux où Pyrrha, gémissant de tant de prodiges inouïs, vit Protée chasser son troupeau marin jusqu'au sommet des montagnes, les poissons s'arrêter sur la cime des ormes, demeure chérie de la colombe, et les daims timides nager au sein des flots débordés. Nous avons vu le Tibre limoneux lancer violemment ses eaux loin du rivage Étrusque pour renverser un tombeau royal et le temple de Vesta; nous l'avons vu, trop sensible aux larmes d'une épouse, s'égarer dans son cours, et, sans l'aveu de Jupiter, couvrant de ses eaux sa rive gauche, jurer de venger la plaintive Ilia.

CARMEN II.

AD AUGUSTUM CÆSAREM.

Pater
misit terris
jam satis nivis
atque grandinis diræ,
et jaculatus
dextera rubente
arces sacras,
terruit urbem;
terruit gentes,
ne sæculum grave
Pyrrhæ
rediret,
questæ
monstra nova,
quum Proteus
egit omne pecus
visere altos montes,
et genus piscium
hæsit summa ulmo,
sedes quæ fuerat nota
columbis;
et damæ pavidæ
natarunt æquore
superjecto.
Vidimus Tiberim flavum,
undis retortis violenter
littore Etrusco,
ire dejectum
monumenta regis,
templaque Vestæ;
dum jactat
Iliæ querenti nimium
se ultorem,
et vagus
labitur ripa sinistra,
Jove non probante,
amnis uxorius.

ODE II.

A AUGUSTE CÉSAR.

Le père *des dieux*
a envoyé aux terres
déjà assez de neige
et de grêle funeste,
et frappant-comme-d'un-trait
de *sa* droite rouge (armée de feu)
les hauteurs sacrées,
il a *assez* effrayé la ville (Rome);
il a effrayé les nations,
qui ont craint que le siècle terrible
de Pyrrha
ne revînt,
de Pyrrha qui se plaignit
de prodiges nouveaux,
alors que Protée
conduisit tout *son* troupeau
visiter les hautes montagnes,
et que l'espèce des poissons
s'arrêta au sommet de l'orme,
demeure qui avait été connue (familière)
aux colombes;
et que les daims timides
nagèrent dans la plaine-liquide
répandue-sur *la terre.*
Nous avons vu le Tibre jaune,
ses eaux étant relancées violemment
du rivage Étrusque,
aller abattre
le monument du roi (de Numa),
et le temple de Vesta;
tandis qu'il dit (promet)
à Ilia qui se plaignait avec excès
lui *devoir être son* vengeur,
et que errant (quittant son lit)
il coule *loin* de sa rive gauche,
Jupiter ne *l'*approuvant pas,
fleuve trop-faible-pour-son-épouse.

Audiet cives acuisse ferrum,
Quo graves Persæ [5] melius perirent;
Audiet pugnas vitio parentum
  Rara juventus.
Quem vocet divum populus ruentis   25
Imperi rebus? prece qua fatigent
Virgines sanctæ minus audientem
  Carmina Vestam?
Cui dabit partes scelus [4] expiandi
Jupiter? Tandem venias precamur,   30
Nube candentes humeros amictus,
  Augur Apollo;
Sive tu mavis, Erycina [5] ridens,
Quam Jocus circumvolat, et Cupido;
Sive neglectum genus et nepotes   35
  Respicis auctor [6],
Heu! nimis longo satiate ludo,
Quem juvat clamor, galeæque leves,

Nos jeunes Romains, devenus rares par les crimes de leurs pères, apprendront un jour nos tristes combats ; ils apprendront que des citoyens ont aiguisé contre eux-mêmes un fer sous lequel devait tomber plutôt le Parthe redoutable.

Quelle divinité le peuple appellera-t-il au secours de l'empire qui s'écroule ? Par quelles prières nos vierges sacrées fléchiront-elles Vesta, qui ferme l'oreille à leurs chants ? A qui Jupiter confiera-t-il le soin d'expier nos crimes ? O viens, nous t'en prions, toi qui voiles ton corps d'un mystérieux nuage, Apollon, dieu des augures ; ou toi, si tu l'aimes mieux, riante Vénus, autour de qui voltigent et les Jeux et l'Amour ; ou toi, père des Romains, si tu jettes encore les yeux sur tes enfants abandonnés, si tu es las enfin de ces jeux cruels qui durent, hélas ! depuis trop longtemps ; dieu qui aimes les cris de guerre, ''éclat des casques polis et le regard farouche du

Juventus rara	La jeunesse rare (peu nombreuse)
vitio parentum	par la faute de *ses* pères
audiet cives	entendra *dire* que les citoyens
acuisse ferrum,	avoir (ont) aiguisé le fer,
quo Persæ graves	par lequel les Perses redoutables
perirent melius;	eussent dû périr mieux (plutôt);
audiet pugnas.	elle entendra *dire nos* combats.
Quem divum	Quel dieu
populus vocet	le peuple pourrait-il appeler
rebus	pour *soutenir* les affaires
imperi ruentis?	de l'empire qui s'écroule?
qua prece	par quelle prière
virgines sanctæ	les vierges saintes
fatigent Vestam	pourraient-elles importuner Vesta
audientem minus	qui entend moins *favorablement*
carmina?	*leurs* chants?
Cui Jupiter	A qui Jupiter
dabit partes	donnera-t-il le rôle
expiandi scelus?	d'expier le crime?
Precamur	Nous *te* prions
venias tandem,	que tu viennes enfin,
amictus nube	revêtu d'un nuage
humeros candentes,	sur *tes* épaules blanches,
augur Apollo;	prophète Apollon;
sive tu mavis,	ou *toi*, si tu *l'*aimes-mieux,
ridens Erycina,	riante Érycine (Vénus),
quam circumvolat	*toi* autour de qui volent
Jocus et Cupido;	le Jeu (les jeux) et Cupidon;
sive respicis	ou *toi*, *si* tu regardes
genus neglectum	ta race négligée (oubliée)
et nepotes,	et *tes* descendants,
auctor,	*toi* auteur *de cette race* (père des Romains),
satiate ludo	rassasié d'un jeu
heu! nimis longo,	hélas! trop long;
quem juvat clamor,	*toi* à qui plaît le cri *de guerre*,
galeæque leves,	et les casques polis,
et vultus acer	et le visage farouche

Acer et Marsi[7] peditis cruéntum
     Vultus in hostem ;   40
Sive mutata juvenem [8] figura
Ales in terris imitaris , almæ
Filius Maiæ, patiens vocari
     Cæsaris ultor :
Serus in cœlum redeas, diuque   45
Lætus intersis populo Quirini.
Neve te nostris vitiis iniquum
     Ocior aura
Tollat. Hic magnos potius triumphos,
Hic ames dici pater atque princeps,   50
Neu sinas Medos [9] equitare inultos,
     Te duce, Cæsar.

Marse qui menace son ennemi sanglant ; ou toi, fils ailé de la belle Maïa, si sous les traits d'un jeune héros tu ne dédaignes pas d'être appelé parmi nous le vengeur de César, ah ! ne remonte que bien tard dans les cieux ; fais ton bonheur de vivre au milieu des enfants de Romulus, et puisse un vent rapide ne pas te ravir à nos vœux, le cœur encore indigné de nos crimes ! Mais plutôt jouis ici de tes glorieux triomphes ; jouis du plaisir d'être appelé le père, le prince de la patrie, et ne souffre pas que la cavalerie des Mèdes fasse impunément des courses dans l'empire que gouverne César.

Marsi peditis	du Marse fantassin
in hostem cruentum ;	*tourné* contre *son* ennemi sanglant ;
sive figura mutata	ou *toi* si , *ta* forme étant changée ,
imitaris juvenem	tu imites (ressembles à) un jeune héros
in terris ,	sur la terre,
filius ales	fils ailé
almæ Maiæ,	de la bienfaisante Maia,
patiens vocari	endurant de (consentant à) être appelé
ultor Cæsaris :	vengeur de César :
redeas serus	retourne tardif (tard)
in cœlum,	dans le ciel,
lætusque	et favorable
diu intersis populo	longtemps sois-au-milieu du-peuple
Quirini.	de Quirinus.
Neve aura ocior	Ou (et) qu'une brise trop prompte
tollat te	n'enlève pas toi
iniquum nostris vitiis.	mécontent de nos vices.
Ames potius hic	Aime plutôt ici
magnos triumphos,	de grands triomphes ,
hic	*aime plutôt* ici
dici pater atque princeps ,	d'être dit (appelé) père et prince ,
neu sinas	ou (et) ne permets pas
Medos equitare	les Mèdes faire-des-courses-à-cheval
inultos,	impunis,
te duce, Cæsar.	toi *étant* chef, César.

CARMEN III.

AD NAVEM QUA VEHEBATUR VIRGILIUS ATHENAS PROFICISCENS.

Sic te Diva potens Cypri,
Sic fratres. Helenæ, lucida sidera,
    Ventorumque regat pater,
Obstrictis aliis præter Iapyga [1],
    Navis, quæ tibi creditum   5
Debes Virgilium; finibus Atticis
    Reddas incolumem, precor,
Et serves animæ dimidium meæ.
    Illi robur [2] et æs triplex
Circa pectus erat, qui fragilem truci [3]   10
    Commisit palago ratem
Primus, nec timuit præcipitem Africum
    Decertantem Aquilonibus,
Nec tristes Hyadas, nec rabiem Noti,
    Quo non arbiter Hadriæ [4]   15
Major, tollere seu ponere vult freta.
    Quem mortis timuit gradum [5],

ODE III.

AU VAISSEAU QUI PORTAIT VIRGILE A ATHÈNES.

Puissent te diriger sur les mers et la déesse que Cypre adore et les frères d'Hélène, ces astres radieux ; puisse le roi des vents les enchaîner tous, et ne laisser souffler pour toi que l'Iapix, ô vaisseau qui dois à ma tendresse Virgile que je t'ai confié ! Rends-le sain et sauf aux rivages Athéniens, et conserve-moi, je t'en conjure, cette moitié de moi-même. Il eut sans doute un cœur entouré d'un triple chêne, d'un triple bronze, celui qui le premier osa confier une barque fragile à la mer en courroux ; qui ne craignit ni le vent impétueux d'Afrique luttant contre les Aquilons, ni les sinistres Hyades, ni la rage du Notus, le plus puissant dominateur de l'Adriatique, soit qu'il veuille soulever ou calmer ses flots. Quel genre de mort a pu

CARMEN III.
AD NAVEM QUA VEHEBATUR VIRGILIUS PROFICISCENS ATHENAS.

Sic diva
potens Cypri,
sic fratres Helenæ,
sidera lucida,
paterque ventorum
regat te,
aliis obstrictis
præter Iapyga,
navis, quæ debes
Virgilium creditum tibi;
reddas incolumem, precor,
finibus Atticis,
et serves
dimidium meæ animæ.
Robur et æs triplex
erat circa pectus
illi, qui primus
commisit ratem fragilem
pelago truci,
nec timuit
Africum præcipitem
decertantem Aquilonibus,
nec tristes Hyadas,
nec rabiem Noti,
quo
non arbiter major
Hadriæ,
seu vult tollere
ponere freta.
Quem gradum mortis
timuit,

ODE III.
AU VAISSEAU SUR LEQUEL ÉTAIT PORTÉ VIRGILE PARTANT POUR ATHÈNES.

Qu'ainsi la déesse
maîtresse de Cypre,
qu'ainsi les frères d'Hélène,
astres radieux,
et le père des vents
dirige toi,
les autres *vents* étant enchaînés
excepté l'Iapix,
vaisseau, qui *me* dois (qui dois me
Virgile confié à toi;   [rendre)
rends-*le* sain-et-sauf, je *te* prie,
aux confins Attiques,
et conserve
la moitié de mon âme.
Du rouvre et un airain triple
était autour de la poitrine
à celui-là, qui le premier
confia une barque fragile
à la mer menaçante,
et ne craignit pas
le vent-d'Afrique impétueux
luttant contre les Aquilons,
ni les sinistres Hyades,
ni la rage du Notus,
en comparaison duquel
il n'est pas de dominateur plus puissant
de l'Adriatique,
soit qu'il veuille soulever
ou abaisser les eaux.   [genre de mort)
Quelle marche de (vers) la mort (quel
a-t-il craint,

Qui siccis oculis monstra natantia,
    Qui vidit mare turgidum et
Infames scopulos Acroceraunia⁵?   20
    Nequicquam deus abscidit
Prudens Oceano dissóciabili
    Terras, si tamen impiæ
Non tangenda rates transiliunt vada.
    Audax omnia perpeti   25
Gens humana ruit per vetitum nefas.
    Audax Iapeti genus
Ignem fraude mala gentibus intulit.
    Post ignem ætheria domo
Subductum, macies et nova febrium   30
    Terris incubuit cohors,
Semotique prius tarda necessitas
    Leti corripuit gradum.
Expertus vacuum Dædalus aera
    Pennis non homini datis;   35
Perrupit Acheronta Herculeus labor.
    Nil mortalibus ardui est;
Cœlum ipsum petimus stultitia, neque
    Per nostrum patimur scelus
Iracunda Jovem ponere fulmina.   40

---

faire trembler celui qui, d'un œil serein, vit les monstres nageant dans les abîmes, la mer s'enflant de colère, et ces rochers Acrocérauniens, fameux par tant de naufrages? C'est en vain qu'un dieu prudent a séparé par un vaste océan les différentes nations de la terre, si des vaisseaux impies franchissent encore cette barrière sacrée. Ardente à tout entreprendre, la race humaine se précipite avec fureur sur tout ce qui lui fut interdit. L'audacieux fils de Japet osa, par un crime funeste, livrer aux hommes le feu du céleste séjour. Après ce vol sacrilége, fait dans la demeure même des dieux, la hideuse maigreur, la fièvre, une légion de maux jusqu'alors inconnus, fondirent sur la terre; et l'inévitable mort, auparavant tardive, précipita ses pas. Dédale s'élança dans le vide des airs, sur des ailes que la nature a refusées à l'homme. L'infatigable Hercule força l'Achéron. Rien ne paraît impossible aux mortels; notre délire s'attaque au ciel même, et nos forfaits ne permettent pas à Jupiter de déposer ses foudres irritées.

qui vidit oculis siccis
monstra natantia,
qui mare turgidum
et Acroceraunia,
scopulos infames?
Nequicquam deus prudens
abscidit terras
Oceano dissociabili,
si tamen rates impiæ
transiliunt vada
non tangenda
Audax perpeti omnia
gens humana
ruit per nefas vetitum.
Genus audax Iapeti
intulit ignem gentibus
fraude mala.
Post ignem
subductum domo ætheria,
macies
et cohors nova febrium
incubuit terris,
necessitasque prius tarda
leti semoti
corripuit gradum.
Dædalus expertus
aera vacuum
pennis non datis homini;
labor Herculeus
perrupit Acheronta.
Nil ardui
est mortalibus;
stultitia
petimus cœlum ipsum,
neque per nostrum scelus
patimur
Jovem
ponere fulmina iracunda.

celui qui a vu avec des yeux secs
les monstres nageants,
qui *a vu* la mer gonflée
et les *monts* Acrocérauniens,
roches mal-famées (tristement célèbres)?
En vain un dieu prévoyant
a séparé les terres
par l'Océan qui-*les*-divise,
si malgré-cela des vaisseaux impies
traversent des mers
qui ne *sont* pas à-toucher (aborder).
Audacieuse à éprouver (tenter) tout
la race humaine   [fendu.
se jette à travers (dans) le sacrilége dé-
La race (le fils) audacieux de Japet
apporta le feu aux nations
par un artifice coupable.
Après le feu
soustrait de la demeure éthérée,
la maigreur   [vres
et la cohorte nouvelle (inconnue) des fiè-
s'abattit sur la terre,
et la nécessité auparavant lente
de la mort éloignée (reculée)
hâta *sa* marche.
Dédale éprouva (tenta)
l'air vide
avec des ailes non données à l'homme;
le travail d'-Hercule
força l'Achéron.
Rien de difficile
n'est pour les mortels (à leurs yeux);
dans *notre* sottise
nous cherchons-à-atteindre le ciel même,
et par notre méchanceté
nous ne permettons pas
Jupiter
déposer *ses* foudres irritées.

CARMEN IV.

AD SESTIUM.

Solvitur acris hiems grata vice veris et Favoni,
    Trahuntque siccas machinæ [1] carinas.
Ac neque jam stabulis gaudet pecus, aut arator igni;
    Nec prata canis albicant pruinis.
Jam Cytherea choros ducit Venus, imminente luna,   5
    Junctæque Nymphis Gratiæ decentes
Alterno terram quatiunt pede, dum graves Cyclopum
    Vulcanus ardens urit officinas.
Nunc decet aut viridi nitidum caput impedire myrto,
    Aut flore, terræ quem ferunt solutæ.   10
Nunc et in umbrosis Fauno decet immolare lucis,
    Seu poscat agna, sive malit hædo.

ODE IV.

A SESTIUS.

Déjà le rude hiver s'amollit par l'agréable retour du printemps et du Zéphyre. Déjà les machines remettent à flot les navires à sec sur le rivage. L'étable cesse de plaire au troupeau, le foyer au laboureur, et les prairies ne se couvrent plus de leur blanc réseau de frimas. A la clarté de la lune, la reine de Cythère conduit les chœurs de danse, et les Grâces charmantes, se joignant aux Nymphes, frappent la terre en cadence, tandis que l'infatigable Vulcain embrase les forges terribles des Cyclopes.

C'est maintenant qu'il faut ceindre nos têtes parfumées du myrte verdoyant ou des fleurs que la terre amollie fait éclore. C'est maintenant que sous l'ombrage des bois sacrés, il faut immoler à Faune une jeune brebis, ou un chevreau, s'il le préfère. La pâle mort

CARMEN IV.

AD SESTIUM.

Acris hiems
solvitur
grata vice
veris et Favoni,
machinæque trahunt
carinas siccas.
Ac jam neque pecus
gaudet stabulis,
aut arator igni;
nec prata albicant
canis pruinis.
Jam Venus Cytherea
ducit choros,
luna imminente,
Gratiæque decentes
junctæ Nymphis
quatiunt terram
pede alterno,
dum Vulcanus ardens
urit
officinas graves
Cyclopum.
Nunc decet
impedire caput nitidum
aut myrto viridi,
aut flore
quem terræ solutæ
ferunt.
Nunc et decet
immolare Fauno
in lucis umbrosis,
seu poscat agna,
sive malit hædo.

ODE IV.

À SESTIUS.

Le rigoureux hiver
se relâche (s'adoucit)
par l'agréable retour
du printemps et du Zéphire,
et les machines traînent *à la mer*
les carènes à-sec.
Et déjà ni le troupeau
ne se réjouit des étables,
ou (ni) le laboureur du feu;
ni les prairies ne sont-blanches
de blancs frimas.
Déjà Vénus de-Cythère
conduit des chœurs,
la lune étant suspondue-au-dessus (à sa
et les Grâces belles   [clarté),
unies aux Nymphes
frappent la terre
d'un pied qui-alterne (en cadence),
tandis que Vulcain enflammé
met-en-feu
les ateliers *aux-travaux*-pénibles
des Cyclopes.
Maintenant il convient
d'enlacer *sa* tête luisante *de parfums*
ou de myrte vert,
ou de la fleur
que les terres entr'ouvertes
portent (produisent).
Maintenant aussi il convient
d'immoler à Faune
dans les bois-sacrés ombragés, [brebis,
soit qu'il demande qu'*on sacrifie* avec une
soit qu'il préfère avec un chevreau.

Pallida Mors æquo pulsat pede pauperum tabernas,
     Regumque turres. O beate Sesti,
Vitæ summa brevis spem nos vetat inchoare[2] longam.   45
     Jam te premet nox, fabulæque Manes[3],
Et domus exilis[4] Plutonia, quo simul mearis,
     Non regna vini[5] sortiere talis,
Nec tenerum Lycidan mirabere, quo calet juventus
     Nunc omnis et mox virgines tepebunt.   20

heurte du même pied aux cabanes des pauvres et aux palais des rois.
O fortuné Sestius, la courte durée de la vie nous interdit l'illusion
des longues espérances. Bientôt la nuit fatale pèsera sur toi ; bientôt
tu verras les dieux Mânes, éternel entretien des mortels, et les
royaumes vides de Pluton. Une fois descendu dans ce noir séjour, tu
ne tireras plus au sort la royauté du festin, tu ne pourras plus con-
templer ce tendre Lycidas de qui sont épris tous nos jeunes Romains,
et pour qui ne tarderont pas à brûler toutes nos jeunes filles.

Pallida mors	La pâle mort
pulsat pede æquo	heurte d'un pied égal (également)
tabernas pauperum,	aux chaumières du pauvre,
turresque regum.	et aux tours (palais) des rois.
O beate Sesti,	O fortuné Sestius,
summa brevis vitæ	la somme (durée) courte de la vie
nos vetat	nous empêche
inchoare longam spem.	de commencer (concevoir) un long espoir.
Jam nox	Bientôt la nuit
premet te,	pèsera-sur toi,
Manesque fabulæ,	et les Mânes fables (sujets de tant de récits)
et domus exilis Plutonia,	et la demeure vide de-Pluton,
quo simul mearis,	où lorsque tu seras allé,
non sortiere talis	tu ne tireras-pas-au-sort avec les dés
regna vini,	la royauté du vin,
nec mirabere	et tu n'admireras pas
tenerum Lycidan,	le tendre Lycidas,
quo omnis juventus	par qui (pour qui) toute la jeunesse
calet nunc,	est-en-feu maintenant,
et virgines	et *pour qui* les jeunes filles
tepebunt mox.	seront-échauffées (éprises) bientôt.

CARMEN V.

AD PYRRHAM.

Quis multa gracilis[1] te puer in rosa
Perfusus liquidis urget odoribus,
    Grato, Pyrrha, sub antro?
    Cui flavam religas comam,
Simplex munditiis? Heu, quoties fidem   5
Mutatosque deos flebit, et aspera
    Nigris æquora ventis
    Emirabitur[2] insolens,
Qui nunc te fruitur credulus aurea;
Qui semper vacuam, semper amabilem   10
    Sperat nescius auræ
    Fallacis. Miseri quibus
Intentata nites! Me tabula sacer[3]
Votiva paries indicat uvida
    Suspendisse potenti   15
    Vestimenta maris deo.

ODE V.

A PYRRHA.

Dis-nous, Pyrrha, quel tendre adolescent, tout baigné de liquides parfums, te presse étroitement sur un lit semé de roses, à l'ombre d'un antre charmant? Pour qui, dans tes simples atours, rattaches-tu les blondes tresses de tes cheveux? Hélas! que de fois il pleurera ta foi perdue, ses dieux changés! Peu fait encore à ces mers où il court, un jour il les verra avec stupeur troublées par d'affreuses tempêtes, lui qui maintenant, crédule et ignorant les vents trompeurs, te possède tendre, fidèle, et t'espère toujours aimante et libre d'un autre amour. O malheur à ceux qu'éblouit ta beauté, et qui ne savent pas combien elle est décevante! Les murs sacrés du temple signalent mon naufrage : j'y ai voué au dieu des mers mes humides vêtements.

CARMEN V.

AD PYRRHAM.

Quis puer
gracilis,
perfusus
in rosa multa
odoribus liquidis,
urget te, Pyrrha,
sub antro grato?
Cui religas
flavam comam
simplex munditiis?
Heu, quoties flebit
fidem
deosque mutatos,
et insolens
emirabitur æquora
aspera ventis nigris,
qui credulus
fruitur nunc
te aurea;
qui sperat
semper
vacuam,
semper amabilem,
nescius
auræ fallacis!
Miseri
quibus nites
intentata!
Paries sacer
indicat tabula votiva
me suspendisse
deo potenti maris
vestimenta uvida.

ODE V.

A PYRRHA.

Quel jeune-garçon
à-la-taille-mince,
baigné
avec une rose abondante
d'odeurs (parfums) coulants,
presse toi, Pyrrha,
sous une grotte agréable?
Pour qui rattaches-tu
ta blonde chevelure
simple dans *tes* parures?
Hélas! que de fois il pleurera
ta foi *perdue*
et les dieux changés,
et non-accoutumé (pour la première fois)
verra-avec-étonnement les mers
orageuses par les vents noirs,
lui qui crédule
jouit maintenant
de toi d'-or (honnête, fidèle);
lui qui espère
toi devoir être toujours
vide (libre) *d'un autre amour*,
toujours aimante,
ne-connaissant-pas
le vent trompeur!
Infortunés
ceux pour qui (aux yeux de qui) tu brilles
n'ayant-pas-été-éprouvée!
La paroi sacrée *du temple*
indique par un tableau votif
moi avoir suspendu
au dieu maître de la mer
mes vêtements humides.

CARMEN VI.

AD AGRIPPAM.

Scriberis Vario [1] fortis et hostium
Victor, Mæonii carminis [2] alite,
Quam rem cumque ferox, navibus aut equis,
    Miles te duce gesserit.
Nos, Agrippa, neque hæc dicere, nec gravem   5
Pelidæ stomachum cedere nescii,
Nec cursus duplicis per mare Ulyxei,
    Nec sævam Pelopis domum
Conamur tenues grandia, dum pudor
Imbellisque lyræ Musa potens vetat   10
Laudes egregii Cæsaris et tuas
    Culpa deterere ingeni.

ODE VI.

A AGRIPPA.

Varius, l'aigle de la poésie héroïque, célèbrera ton courage et tes victoires, et redira les brillants exploits qu'ont faits sous ton commandement nos flottes et nos escadrons. Pour moi, Agrippa, je n'oserais pas plus chanter tes triomphes que la funeste colère de l'inflexible fils de Pélée, les courses de l'artificieux Ulysse sur les mers, les Pélopides et leurs fureurs. Ces grands sujets effrayent ma faiblesse. Une juste défiance, et la Muse qui règle les timides accents de ma lyre, me défendent de ternir par la faiblesse de mes chants la gloire du grand César et la tienne. Et qui pourrait digne-

CARMEN VI.

AD AGRIPPAM.

Scriberis
fortis et victor hostium
Vario,
alite carminis Mæonii,
quamcumque rem
miles ferox
gesserit navibus
aut equis,
te duce.
Nos, Agrippa,
conamur dicere
neque hæc,
nec stomachum gravem
Pelidæ
nescii cedere,
nec cursus per mare
duplicis Ulyxei,
nec domum sævam
Pelopis,
tenues
grandia,
dum pudor
Musaque
potens lyræ
imbellis,
vetat deterere
culpa ingeni
laudes egregii Cæsaris
et tuas.

ODE VI.

A AGRIPPA.

Tu seras écrit (célébré)
courageux et vainqueur des ennemis
par Varius,
l'oiseau (l'aigle) du chant Méonien,
pour toute action que
le soldat intrépide
a faite sur les vaisseaux (sur mer)
ou sur les chevaux (sur terre),
toi *étant son* chef.
Nous, Agrippa,
nous n'essayons de redire
ni ces *exploits*,
ni la colère terrible
du fils-de-Pélée
qui-ne-savait-pas céder,
ni les courses à travers la mer
du double (trompeur) Ulysse,
ni la maison cruelle (criminelle)
de Pélops,
faibles *nous n'essayons pas*
de traiter des *sujets* grandioses,
tandis que le respect
et *ma* Muse
assez-puissante-pour une lyre
qui-craint-les-combats,
m'interdisent d'affaiblir
par la faute (faiblesse) de *mon* génie
les louanges de l'illustre César
et les tiennes.

Quis Martem tunica tectum adamantina
Digne scripserit? aut pulvere Troico
Nigrum Merionen? aut ope Palladis   15
        Tydiden Superis parem?
Nos convivia, nos prælia virginum
Sectis in juvenes unguibus acrium
Cantamus, vacui, sive quid urimur
        Non præter solitum leves.   20

ment peindre le dieu Mars couvert d'une cuirasse d'acier, Mérion tout
noirci de la poussière Troyenne, ou le fils de Tydée que le secours de
Pallas rend égal aux dieux ? Non , et, soit que mon cœur soit libre
d'amour, soit que, ce qui n'est pas rare , ma volage humeur l'ait
soumis à une nouvelle flamme, je chanterai les festins , et ces luttes
charmantes où l'ongle court de nos jeunes filles les défend mal contre
les mains entreprenantes de nos garçons.

Quis scripserit digne
Martem tectum
tunica adamantina?
aut Merionem
nigrum pulvere Troico?
aut Tydiden
parem superis
ope Palladis?
Nos cantamus convivia,
nos prælia virginum
acrium in juvenes
unguibus sectis,
vacui,
sive leves
urimur
quid
non præter solitum.

Qui aura peint (pourra peindre) digne-
Mars couvert   [ment
d'une tunique d'-acier?
ou Mérion
noir de la poussière de-Troie?
ou le fils-de-Tydée
égal aux *dieux* d'en-haut
par le secours de Pallas?
Nous, nous chantons les festins,
nous *chantons* les combats des jeunes filles
emportées contre les jeunes-gens
avec des ongles coupés,
soit vide (libre) *d'amour,*
soit que léger (inconstant)
nous brûlions
en quelque chose (de quelque passion)
non au delà de (selon) *notre* habitude.

CARMEN VII.

AD MUNATIUM PLANCUM.

Laudabunt alii claram Rhodon, aut Mitylenen,
    Aut Ephesum, bimarisvo Corinthi
Mœnia, vel Baccho Thebas, vel Apolline Delphos
    Insignes, aut Thessala Tempe.
Sunt, quibus unum opus est intactæ Palladis urbem   5
    Carmine perpetuo celebrare, et
Undique decerptam fronti præponere olivam.
    Plurimus in Junonis honorem
Aptum dicet equis Argos ditesque Mycenas.
    Me nec tam patiens Lacedæmon,   10
Nec tam Larissæ percussit campus opimæ,
    Quam domus Albuneæ resonantis
Et præceps Anio, ac Tiburni lucus, et uda
    Mobilibus pomaria rivis.

ODE VII.

A MUNATIUS PLANCUS.

Que d'autres vantent la célèbre Rhodes, ou Mitylène, ou Éphèse, ou Corinthe assise entre deux mers, ou Thèbes, patrie de Bacchus, ou Delphes, séjour d'Apollon, ou les délicieuses vallées de la Thessalie. Que d'autres aient pour unique objet de célébrer dans un hymne éternel la ville de la chaste Pallas, et de parer leur front de la banale couronne d'olivier ; que d'autres, pour honorer Junon, chantent Argos et ses coursiers, Mycène et son opulence. Pour moi, ce qui me charme bien plus que l'austère Lacédémone, que les fertiles campagnes de Larisse, c'est la grotte où retentit l'Albunée, c'est l'Anio qui se précipite en cascades, et le bois sacré de Tibur, et ses vergers où de rapides ruisseaux portent la fraîcheur.

CARMEN VII.

AD MUNATIUM PLANCUM.

Alii laudabunt
claram Rhodon,
aut Mitylenen,
aut Ephesum,
mœniave Corinthi
bimaris,
vel Thebas
insignes Baccho,
vel Delphos
Apolline,
aut Tempe Thessala.
Sunt,
quibus est unum opus,
celebrare carmine perpetuo
urbem Palladis
intactæ,
et præponere fronti
olivam
decerptam undique.
Plurimus
dicet
in honorem Junonis
Argos aptum equis
ditesque Mycenas.
Nec Lacedæmon
patiens ·
percussit me tam,
nec campus
opimæ Larissæ
tam,
quam domus
Albuneæ resonantis,
et Anio præceps,
ac lucus Tiburni,
et pomaria uda
mobilibus rivis.

ODE VII.

A MUNATIUS PLANCUS.

D'autres loueront
l'illustre Rhodes,
ou Mitylène,
ou Éphèse,
ou les murs de Corinthe
aux-deux-mers,
ou Thèbes
fameuse par Bacchus,
ou Delphes
fameuse par Apollon,
ou Tempé en-Thessalie.
Il est *des hommes*,
à qui est un unique travail,
de célébrer dans un chant éternel
la ville de Pallas
non-touchée (intacte, chaste),
et de placer-devant (sur) *leur* front
l'olivier
cueilli de toutes parts (banal).
Un *poëte* nombreux (de nombreux poëtes)
dira (chanteront)
en l'honneur de Junon
Argos convenable aux chevaux
et la riche Mycènes.
Mais ni Lacédémone
endurcie-aux-travaux
n'a touché moi autant,
ni la campagne
de la féconde Larisse
n'a touché moi autant,
que la demeure (la grotte)
de l'Albunée retentissant,
et l'Anio qui-se-précipite *en cascades*,
et le bois-sacré de Tibur,
et *ses* vergers humides
de mobiles ruisseaux.

Albus ut obscuro deterget nubila cœlo   15
    Sæpe Notus, neque parturit imbres
Perpetuos, sic tu sapiens finire memento
    Tristitiam vitæque labores
Molli, Plance [1], mero : seu te fulgentia signis
    Castra tenent, seu densa tenebit   20
Tiburis umbra tui. Teucer [2] Salamina patremque
    Quum fugeret, tamen uda Lyæo
Tempora populea fertur vinxisse corona ,
    Sic tristes affatus amicos :
« Quo nos cumque feret melior fortuna parente,   25
    Ibimus, o socii comitesque.
Nil desperandum Teucro duce et auspice Teucro ;
    Certus enim promisit Apollo,
Ambiguam [3] tellure nova Salamina futuram.
    O fortes pejoraque passi   30
Mecum sæpe viri, nunc vino pellite curas ;
    Cras ingens iterabimus æquor. »

Souvent le Notus, d'un souffle plus pur, chasse les nuages qui
obscurcissent l'azur du ciel ; il n'enfante pas toujours des orages :
ainsi, Plancus, que ta sagesse mette un terme à tes regrets ; adoucis
par le vin les amertumes de la vie, soit que nos brillants étendards
te retiennent dans les camps, soit que l'épais ombrage de ton riant
Tibur te captive. Teucer fuyait Salamine et son père, et cependant
on dit qu'il ceignit d'une couronne de peuplier son front humide du
jus de Bacchus, et consola ainsi ses amis affligés : « En quelque lieu
que nous conduise la fortune, moins cruelle sans doute que mon
père, nous la suivrons ; ô mes amis , fidèles compagnons de mon exil
Vous avez Teucer pour guide : ne désespérez de rien sous les auspices
de Teucer. Apollon, oracle infaillible, Apollon m'a promis sur une
terre nouvelle une autre Salamine. Intrépides guerriers, qui souvent
avec moi avez souffert de plus rudes épreuves, noyez aujourd'hui vos
soucis dans le vin ; demain nous recommencerons nos courses sur
les vastes mers. »

Ut sæpe	De même que souvent
albus Notus	le blanc Notus
deterget nubila	balaye les nuages
cœlo obscuro,	du ciel obscur,
neque parturit	et n'enfante pas
imbres perpetuos,	des orages éternels,
sic tu, Plance,	ainsi toi, Plancus,
sapiens,	*si tu es* sage,
memento	souviens-toi
finire tristitiam	de mettre-fin à la tristesse
laboresque vitæ	et aux travaux de la vie
mero molli :	avec un vin doux (agréable) :
seu castra	soit qu'un camp
fulgentia signis	éclatant de drapeaux
te tenent,	te retienne,
seu umbra densa	soit que l'ombre épaisse
tui Tiburis	de ton Tibur
tenebit.	*te* retienne.
Quum Teucer fugeret	Tandis que Teucer fuyait
Salamina patremque,	Salamine et *son* père,
fertur tamen	il est rapporté cependant
vinxisse corona populea	avoir ceint d'une couronne de-peuplier
tempora uda Lyæo,	*ses* tempes humides de Bacchus (de vin),
affatus sic	ayant parlé ainsi
amicos tristes :	à *ses* amis affligés :
« Ibimus ,	« Nous irons,
o socii comitesque,	ô *mes* amis et *mes* compagnons,
quocumque feret fortuna	partout où *nous* portera la fortune
melior parente.	meilleure (moins cruelle) que *mon* père.
Nil	Rien
desperandum,	n'*est* à-regarder-comme-désespéré,
Teucro duce	Teucer *étant votre* chef
et Teucro auspice ;	et Teucer *étant votre* guide ;
Apollo enim certus	car Apollon certain (qui ne trompe pas)
promisit	a promis
ambiguam Salamina	une double (nouvelle) Salamine
futuram	devoir être
tellure nova.	sur une terre nouvelle.
O viri fortes,	O guerriers courageux,
passique sæpe mecum	et qui avez souffert souvent avec moi
pejora,	des *destins* pires,
nunc pellite curas vino ;	maintenant chassez *vos* soucis avec le vin ;
cras iterabimus	demain nous recommencerons (repren-
ingens æquor. »	la vaste plaine *liquide*. » {drons}

CARMEN VIII.

AD LYDIAM.

Lydia, dic, per omnes
Te deos oro, Sybarin cur properes amando
     Perdere ? cur apricum
Oderit Campum, patiens pulveris atque solis ?
     Cur neque militaris   5
Inter æquales equitat, Gallica nec lupatis
     Temperat ora frenis [1] ?
Cur timet flavum Tiberim tangere ? cur olivum [2]
     Sanguine viperino
Cautius vitat, neque jam livida gestat armis   10
     Brachia, sæpe disco,
Sæpe trans finem jaculo nobilis expedito ?
     Quid latet, ut marinæ
Filium dicunt Thetidis [3] sub lacrimosa Trojæ
     Funera, ne virilis   15
Cultus in cædem et Lycias proriperet catervas ?

ODE VIII.

A LYDIE.

Dis-moi, Lydie, je t'en conjure au nom de tous les dieux, pourquoi, par ton amour, t'empresser ainsi de perdre Sybaris ? D'où lui
vient cette aversion pour le Champ de Mars dont il bravait le soleil
et la poussière ? Pourquoi ne le voit-on plus, en habit de guerre, se
mêler aux jeunes gens de son âge, et soumettre au mors dentelé la
bouche d'un coursier Gaulois ? Pourquoi craint-il de se plonger dans
l'eau jaunissante du Tibre, et se garde-t-il de l'huile des athlètes
avec autant de soin que du sang de la vipère ? Pourquoi n'a-t-il plus
sur ses bras la livide empreinte de ses armes, lui qui se signala tant
de fois en lançant au delà du but le disque et le javelot ? Pourquoi se
cache-t-il comme se cacha, dit-on, le fils de Thétis aux approches
des lamentables funérailles de Troie, de peur qu'un vêtement viril
ne l'entraînât au milieu du carnage et des bataillons Lyciens ?

CARMEN VIII.

AD LYDIAM.

Dic, Lydia,
te oro per omnes deos,
cur properes
perdere Sybarin
amando?
cur oderit
Campum apricum,
patiens pulveris
atque solis?
Cur neque equitat
inter æquales
militaris,
nec temperat
ora Gallica
frenis lupatis?
Cur timet
tangere Tiberim flavum?
cur vitat olivum
cautius
sanguine viperino;
neque gestat jam
brachia livida armis,
nobilis sæpe disco,
sæpe jaculo
expedito trans finem?
Quid latet,
ut dicunt
filium Thetidis
marinæ
sub funera lacrimosa
Trojæ,
ne cultus virilis
proriperet in cædem
et catervas Lycias?

ODE VIII.

A LYDIE.

Dis, Lydie,
je t'en prie par tous les dieux,
pourquoi tu t'empresses
de perdre Sybaris
par le aimer *toi* (l'amour qu'il a pour toi)?
pourquoi il hait
le Champ *de Mars* exposé-au-soleil,
lui qui endurait la poussière
et le soleil?
Pourquoi et ne chevauche-t-il pas
au milieu de ceux de-son-âge
en-guerrier,
et ne modère-t-il pas
les bouches *des chevaux* de-Gaule
avec des mors rudes?
Pourquoi craint-il
de toucher (se baigner dans) le Tibre [jaune?
pourquoi évite-t-il l'huile *des athlètes*
avec-plus-de-précaution
que le sang de-la-vipère,
et *pourquoi* ne porte-t-il plus
des bras noirâtres (meurtris) par les armes,
lui illustré souvent par le disque,
souvent par le javelot
dégagé (lancé) au delà du but?
Pourquoi se cache-t-il,
comme on dit *que s'est caché*
le fils de Thétis
déesse de-la-mer
à l'approche des funérailles déplorables
de Troie,
de peur qu'un habit d'-homme
ne *l'*entraînât au milieu du carnage
et des escadrons Lyciens?

CARMEN IX.

AD THALIARCHUM.

Vides, ut alta stet nive candidum
Soracte [1], nec jam sustineant onus
   Silvæ laborantes, geluque
   Flumina constiterint acuto.
Dissolve frigus, ligna super foco   5
Large reponens, atque benignius
   Deprome quadrimum Sabina,
   O Thaliarche [2], merum diota [3].
Permitte divis cetera; qui simul
Stravere ventos æquore fervido   10
   Depræliantes, nec cupressi
   Nec veteres agitantur orni.
Quid sit futurum cras, fuge quærere, et
Quem fors dierum cumque dabit, lucro
   Appone, nec dulces amores   15
   Sperne puer neque tu choreas,

ODE IX.

A THALIARQUE.

Vois comme le Soracte élève son front blanchi par une neige épaisse; déjà les forêts s'affaissent sous le poids qui les accable, et la gelée pénétrante enchaîne le cours des fleuves. Désarme l'hiver, Thaliarque, en entassant le bois à ton foyer, et fais couler plus largement de l'urne Sabine ton excellent vin de quatre ans. Laisse aux dieux le soin du reste. Terrassés à leur voix, les vents qui luttaient contre la mer en courroux cessent d'agiter les cyprès et les ormes antiques. Garde-toi de chercher ce qui peut advenir demain, et compte pour un bienfait chacun des jours que le destin

CARMEN IX.

AD THALIARCUM.

Vides,
ut Soracte stet
candidum nive alta,
nec silvæ laborantes
sustineant jam onus,
fluminaque constiterint
gelu acuto.
Dissolve frigus,
reponens large ligna
super foco,
atque deprome benignius
merum quadrimum
diota Sabina,
o Thaliarche.
Permitte cetera divis ;
qui simul
stravere ventos
depræliantes
æquore fervido,
nec cupressi
nec veteres orni
agitantur.
Fuge quærere
quid sit futurum
cras,
et appone lucro
quemcumque dierum
fors dabit,
nec tu sperne
puer
dulces amores,
neque choreas,

ODE IX.

A THALIARQUE.

Tu vois,
comme le Soracte se dresse
blanc d'une neige haute (épaisse),
et *comme* les forêts fatiguées
ne soutiennent déjà plus *leur* fardeau,
et *comme* les fleuves se sont arrêtés
par une gelée pénétrante.
Dissipe le froid,
en plaçant abondamment du bois
sur le foyer,
et tire plus libéralement
le vin de-quatre-ans
du vase-à-deux-anses Sabin,
ô Thaliarque.
Abandonne le reste aux dieux ;
lesquels en même temps (car aussitôt) que
ils ont abattu les vents
se-livrant-des-combats
sur la plaine *liquide* bouillonnante,
ni les cyprès
ni les vieux ormes
ne sont agités.
Fuis (évite) de chercher
quoi est devant être (ce qui arrivera)
demain,   [profit)
et ajoute au profit (compte comme un
tout *jour* d'entre les jours
que la fortune *te* donnera,
et toi ne méprise pas
tandis que tu es jeune-homme (jeune)
les doux amours,
ni les danses,

Donec virenti canities abest
Morosa. Nunc et Campus, et areæ,
   Lenesque sub noctem susurri
   Composita repetantur hora [4];   20
Nunc et latentis proditor intimo
Gratus puellæ risus ab angulo,
   Pignusque dereptum lacertis
   Aut digito male pertinaci.

t'accorde. Jeune encore, et tant que la chagrine vieillesse ne blan-
chit point tes cheveux, ne dédaigne ni les amours ni les danses. Va
tour à tour au Champ de Mars, aux promenades, à ces rendez-vous
où l'on murmure de si doux entretiens, et où parfois des ris joyeux
trahissent, dans sa cachette, une jeune fille qui défendra mollement,
contre tes entreprises, ou son anneau ou son bracelet.

donec canities	tandis que la chevelure-blanche (la vieil
morosa	morose [lesse)
abest virenti.	est-absente à *toi* verdoyant (vigoureux).
Nunc et Campus,	Maintenant que et le Champ *de Mars*
et areæ,	et les places *de promenade*, [basse)
lenesque susurri	et les doux murmures (entretiens à voix
sub noctem	à l'approche de la nuit (le soir)
hora composita	à une heure convenue
repetantur;	soient recherchés *par toi*;
nunc et risus gratus	maintenant et que le rire agréable
proditor	traître (qui trahit)
ab intimo angulo	du fond de *son* coin
puellæ latentis,	de la jeune-fille qui se cache
pignusque	*soit recherché par toi*, et le gage
dereptum lacertis	ravi à *ses* bras
aut digito	ou à *son* doigt
pertinaci male.	qui-résiste mal (mollement).

CARMEN X.

AD MERCURIUM.

Mercuri, facunde nepos Atlantis[1],
Qui feros cultus hominum recentum
Voce formasti catus et decoræ
    More palæstræ[2],
Te canam, magni Jovis et deorum   5
Nuntium, curvæque lyræ parentem,
Callidum, quidquid placuit, jocoso
    Condere furto[3].
Te, boves olim nisi reddidisses
Per dolum amotas, puerum minaci   10
Voce dum terret, viduus pharetra
    Risit Apollo.
Quin et Atridas, duce te, superbos
Ilio dives[4] Priamus relicto,
Thessalosque[5] ignes, et iniqua Trojæ   15
    Castra fefellit.
Tu pias lætis animas reponis
Sedibus, virgaque levem coerces
Aurea turbam, superis deorum
    Gratus et imis.

ODE X.

A MERCURE.

Toi qui sus polir par la puissance de la parole et par les nobles
exercices de la palestre les mœurs sauvages des premiers hommes,
c'est toi que je chanterai, éloquent Mercure, petit-fils d'Atlas,
messager du grand Jupiter et des immortels, inventeur de la lyre aux
bras recourbés, dieu qui excelles à dérober tout ce qui plaît à tes
joyeux larcins. Un jour que, dans ton enfance, tu avais adroitement
enlevé des génisses à Apollon, ce dieu te les redemandait d'une voix
menaçante ; mais bientôt dépouillé de son carquois, il ne put s'empêcher de rire. Guidé par toi, Priam sort d'Ilion avec ses trésors,
trompe la vigilance des fiers Atrides, et traverse les camps ennemis,
malgré les feux des gardes Thessaliennes. C'est toi qui conduis les
âmes pieuses dans les demeures fortunées, et qui gouvernes, avec
ta verge d'or, la troupe légère des ombres, méritant ainsi la recon-
naissance des dieux de l'Olympe et de ceux des enfers.

CARMEN X.

AD MERCURIUM.

Mercuri,
facunde nepos Atlantis,
qui catus
formasti voce
et more
palæstræ decoræ
cultus feros
hominum recentum,
te canam,
nuntium magni Jovis
et deorum,
parentemque lyræ curvæ,
callidum
condere
furto jocoso
quidquid placuit.
Apollo olim,
dum terret
voce minaci
te puerum,
nisi reddidisses boves
amotas per dolum,
viduus pharetra,
risit.
Quin et, te duce,
dives Priamus,
Ilio relicto,
fefellit Atridas superbos,
ignesque Thessalos,
et castra
iniqua Trojæ.
Tu reponis
sedibus lætis
animas pias,
coercesque virga aurea
turbam levem,
gratus
superis deorum
et imis.

ODE X.

A MERCURE.

Mercure,
éloquent petit-fils d'Atlas,
toi qui ingénieux
façonnas à l'aide de la parole
et de la pratique
de la lutte qui-rend-beau
les mœurs sauvages
des hommes récents (des premiers hom-
je te chanterai,   [mes),
toi le messager du grand Jupiter
et des dieux,
et le père de la lyre courbe,
habile
à cacher (dérober)
par un larcin joyeux
tout ce qu'il t'a plu (te plaît) de dérober.
Apollon autrefois,
tandis qu'il effraye (effrayait)
d'une voix menaçante
toi encore enfant,
si tu ne lui rendais ses génisses
détournées (dérobées) par ruse,
vide (dépouillé) de son carquois,
rit (ne put s'empêcher de rire).
Bien plus encore, toi étant guide,
l'opulent Priam,
Ilion étant abandonné,
trompa les Atrides superbes,
et les feux Thessaliens,
et le camp
hostile à Troie.
C'est toi qui déposes
dans les demeures riantes
les âmes pieuses,
et qui rassembles avec ta baguette d'-or
la troupe légère des ombres,
agréable (chéri)
à ceux d'en-haut d'entre les dieux
et à ceux d'en-bas.

CARMEN XI.

AD LEUCONOEN.

Tu ne quæsieris, scire nefas, quem mihi, quem tibi
Finem di dederint, Leuconoe, nec Babylonios[1]
Tentaris numeros. Ut melius, quidquid erit, pati !
Seu plures hiemes, seu tribuit Jupiter ultimam,
Quæ nunc oppositis debilitat[2] pumicibus mare   5
Tyrrhenum, sapias, vina liques, et spatio brevi
Spem longam reseces. Dum loquimur, fugerit invida
Ætas. Carpe diem, quam minimum credula postero.

ODE XI.

A LEUCONOÉ.

Leuconoé, ne cherche point à connaître, malgré les dieux, quel
terme ils ont fixé à mes jours, aux tiens, et n'interroge pas les calculs
Babyloniens. Oh ! qu'il vaut bien mieux se soumettre à tout ce qui
peut arriver ! Soit que Jupiter nous accorde encore plusieurs hivers,
soit qu'il ait marqué pour le dernier de notre vie celui qui maintenant
brise la mer Tyrrhénienne contre le môle qui la resserre, docile aux
conseils de la sagesse, filtre tes vins, et mesure tes espérances à
la courte durée de la vie. Tandis que nous parlons, le temps jaloux s'enfuit. Jouissons d'aujourd'hui, sans croire beaucoup à demain.

CARMEN XI.

AD LEUCONOEN.

Tu ne quæsieris,
nefas
scire,
quem finem di
dederint mihi,
quem tibi,
Leuconoe,
nec tentaris
numeros Babylonios.
Ut melius
pati
quidquid erit!
Seu Jupiter
tribuit plures hiemes,
seu ultimam,
quæ nunc
debilitat mare Tyrrhenum
pumicibus oppositis,
sapias,
liques vina,
et reseces
brevi spatio
longam spem.
Dum loquimur,
ætas invida fugerit.
Carpe diem,
credula quam minimum
postero.

ODE XI.

A LEUCONOÉ.

Ne cherche pas,
il est défendu-par-les lois-divines
de le savoir,
quel terme les dieux
ont donné (assigné) à moi,
quel ils ont assigné à toi,
Leuconoé,
et n'essaye pas
les nombres (calculs) Babyloniens.
Combien il est préférable
de supporter
tout ce qui sera (quoi qu'il arrive)!
Soit que Jupiter
nous accorde plusieurs hivers,
soit qu'il nous accorde pour le dernier,
celui qui maintenant
affaiblit (brise) la mer Tyrrhénienne
contre les rochers opposés aux flots,
sois-sage,
passe tes vins,
et retranche
du court espace de ta vie
le long espoir.
Tandis que nous parlons,
le temps jaloux aura fui.
Cueille le jour présent (jouis-en),
croyant le moins possible
à celui du-lendemain.

CARMEN XII.

AD AUGUSTUM.

Quem virum aut heroa lyra vel acri
Tibia [1] sumes celebrare, Clio .
Quem deum, cujus recinet jocosa
    Nomen imago
Aut in umbrosis Heliconis oris,   5
Aut super Pindo, gelidove in Hæmo ?
Unde vocalem temere insecutæ
    Orphea silvæ,
Arte materna [2] rapidos morantem
Fluminum lapsus celeresque ventos,   10
Blandum et auritas fidibus canoris [3]
    Ducere [4] quercus.
Quid prius dicam solitis parentis
Laudibus, qui res hominum ac deorum ,
Qui mare et terras, variisque mundum   15
    Temperat horis ?
Unde nil majus generatur ipso,
Nec viget quidquam simile aut secundum :
Proximos illi tamen occupavit
    Pallas honores.   20
Præliis audax neque te silebo,

ODE XII.

A AUGUSTE.

Quel mortel, quel héros ou quel dieu choisiras-tu, Clio, pour le chanter sur ta lyre ou sur ta flûte sonore ? Quel nom l'écho, dans ses jeux, va-t-il répéter sur les bords ombragés de l'Hélicon, ou sur le Pinde, ou sur les froids sommets de l'Hémus, dont les forêts suivaient l'harmonieux Orphée, quand, instruit par les leçons de sa mère, il arrêtait les fleuves rapides, les vents impétueux, et que, par le charme de sa voix, il entraînait les chênes devenus sensibles à ses accents ? Mais que pourrais-je chanter avant d'avoir payé le tribut accoutumé de nos hommages au père de toutes choses, au roi des hommes et des dieux, au maître absolu de la terre et des mers, qui, par l'ordre varié des saisons, règle le cours du monde ? Il n'a rien créé de plus grand que lui-même, et il n'existe rien dans la nature qui lui ressemble ou qui l'approche ; cependant, après lui, Pallas occupe le premier rang. Je ne te passerai pas sous silence, dieu in-

CARMEN XII.

AD AUGUSTUM.

Quem virum aut heroa,	Quel homme ou quel héros,
Clio, sumes	Clio, prendras-tu (choisiras-tu)
celebrare lyra	à célébrer avec la lyre
vil tibia acri,	ou avec la flûte perçante (sonore),
quem deum,	quel dieu,
cujus	duquel (homme, héros ou dieu)
imago jocosa	l'écho qui-se-joue
recinet nomen,	répétera-en-chantant le nom,
aut in oris umbrosis	ou sur les bords ombragés
Heliconis,	de l'Hélicon, —
aut super Pindo,	ou sur le Pinde,
in Hæmove gelido ?	ou sur l'Hémus froid ?
unde silvæ	*sur le Pinde ou l'Hémus*, d'où les arbres
insecutæ temere	suivirent confusément
Orphea vocalem,	Orphée à-la-belle-voix,
morantem	qui retardait
arte materna	par l'art de-sa-mère
lapsus rapidos fluminum	le cours rapide des fleuves
ventosque celeres,	et les vents prompts,
blandum	*donx par son chant*
et ducere	*au point d'*entraîner même
fidibus canoris	avec *sa* lyre sonore
quercus auritas.	les chênes qui-entendaient (devenus sen-
Quid dicam	Que dirai-je [sibles).
prius laudibus solitis	avant les louanges accoutumées
parentis,	du père *des dieux*,
qui temperat	qui règle
res hominum ac deorum,	les affaires des hommes et des dieux,
qui mare et terras,	qui *gouverne* la mer et les terres,
mundumque	et l'univers
horis variis ?	avec des saisons variées ?
Unde	D'où (de qui)
nil generatur	rien n'est engendré
majus ipso,	plus grand que lui-même,
nec quidquam simile	et rien de semblable *à lui*
aut secundum	ou ayant-la-seconde-place
viget :	n'existe :
Pallas tamen	Pallas cependant
occupavit honores	a occupé (occupe) les honneurs
proximos illi.	les plus proches de lui.
Neque te silebo,	Et je ne te tairai pas,

ODE XII.

A AUGUSTE.

Liber, et sævis inimica virgo
Belluis ; nec te, metuende certa
    Phœbe sagitta.
Dicam et Alciden, puerosque Ledæ,   25
Hunc equis, illum superare pugnis
Nobilem ; quorum simul alba nautis
    Stella refulsit,
Defluit saxis agitatus humor,
Concidunt venti, fugiuntque nubes ,   30
Et minax, quod sic voluere, ponto
    Unda recumbit.
Romulum post hos prius, an quietum
Pompili regnum memorem, an superbos
Tarquini fasces, dubito, an Catonis   35
    Nobile letum.
Regulum, et Scauros, animæque magnæ
Prodigum Paulum, superante Pœno,
Gratus insigni referam Camœna,
    Fabriciumque.   40
Hunc, et incomtis Curium capillis
Utilem bello tulit, et Camillum
Sæva paupertas et avitus apto
    Cum Lare fundus [3].
Crescit occulto, velut arbor, ævo   45

trépide dans les combats; Bacchus, ni toi, Diane, vierge ennemie
des bêtes sauvages, ni toi, Phébus, dont l'arc redoutable lance
d'inévitables traits. Je chanterai aussi Hercule et les fils de Léda,
tous deux illustres vainqueurs, l'un dans les courses de chevaux,
l'autre dans les combats du ceste. Dès que leur blanche étoile brille
aux yeux des matelots, l'onde soulevée s'écoule du flanc des rochers,
les vents se taisent, les nuées s'enfuient, et, docile à leur volonté,
la vague menaçante retombe au sein des mers.

  Rappellerai-je ensuite Romulus, le règne pacifique de Numa, ou
les faisceaux orgueilleux de Tarquin, ou l'héroïque trépas de Caton?
Ma Muse reconnaissante comblera de glorieux éloges Régulus, les
deux Scaurus, Paul Émile, prodigue de sa noble vie sous le fer du
Carthaginois vainqueur, et le magnanime Fabricius. Comme celui-ci,
c'est à l'école sévère de la pauvreté, dans leur modeste héritage, à
l'ombre du toit paternel, que se sont formés Camille, et Curius à l'in-
culte chevelure, mais si utile à sa patrie dans les combats. La gloire
de Marcellus croît insensiblement et de jour en jour comme un jeune

Liber,	Bacchus,
audax præliis,	hardi dans les combats;
et virgo inimica	et *toi*, vierge ennemie
belluis sævis;	des bêtes farouches;
nec te, Phœbe metuende	ni toi, ô Phébus redoutable
sagitta certa.	par *ta* flèche sûre.
Dicam et Alciden,	Je dirai aussi Alcide,
puerosque Ledæ,	et les fils de Léda,
hunc nobilem	celui-ci fameux
superare equis,	pour vaincre avec les chevaux,
illum pugnis;	celui-là avec les poings;
quorum simul alba stella	desquels aussitôt que la blanche étoile
refulsit nautis,	a brillé aux matelots,
humor agitatus	l'eau soulevée
defluit saxis,	retombe-en-coulant des rochers,
venti concidunt,	les vents s'abattent,
nubesque fugiunt,	et les nuages fuient,
et, quod voluere sic,	et, parce qu'ils *l'*ont voulu ainsi,
unda minax	l'onde menaçante
recumbit ponto.	s'affaisse sur la mer.
Dubito an post hos	J'hésite si après ceux-ci
memorem	je rappellerai
prius Romulum,	d'abord Romulus;
an regnum quietum	ou le règne tranquille
Pompili,	de Pompilius,
an fasces superbos	ou les faisceaux superbes
Tarquini,	de Tarquin,
an nobile letum Catonis.	ou le glorieux trépas de Caton.
Gratus	Reconnaissant
referam Camœna insigni	je rapporterai dans un chant remarquable
Regulum, et Scauros,	Régulus, et les Scaurus,
Paulumque	et Paul *Emile*
prodigum	prodigue de (qui sacrifia)
magnæ animæ,	*sa* grande (noble) vie,
Pœno superante,	le Carthaginois étant-vainqueur,
Fabriciumque.	et Fabricius.
Sæva paupertas	La dure pauvreté
et fundus avitus	et le bien des-aïeux
cum Lare	avec un Lare (un toit)
apto	convenable (aussi modeste)
tulit hunc,	ont produit celui-ci (Fabricius),
et Curium,	et Curius
capillis incomtis,	aux cheveux non-arrangés,
utilem bello,	utile dans la guerre,
et Camillum.	et Camille.
Fama Marcelli	La renommée de Marcellus
crescit velut arbor	grandit comme un arbre

Fama Marcelli[6]; micat inter omnes
Julium sidus[7], velut inter ignes
    Luna minores.
Gentis humanæ pater atque custos,
Orte Saturno, tibi cura magni   50
Cæsaris fatis data : tu secundo
    Cæsare regnes.
Ille, seu Parthos Latio imminentes
Egerit justo domitos triumpho,
Sive subjectos Orientis oræ   55
    Seras et Indos,
Te minor latum reget æquus orbem ;
Tu gravi curru quaties Olympum,
Tu parum castis inimica mittes
    Fulmina lucis.   60

arbre. L'étoile de Jules brille entre tous les astres, telle que Phébé au
milieu des feux moins brillants qui l'environnent. Père et conserva-
teur des hommes, fils de Saturne, c'est à toi que les destins ont
confié la garde du grand César. Règne, premier roi de l'univers;
César en est le second. Soit que, par une éclatante victoire, sa juste
vengeance ait repoussé les Parthes qui menaçaient le Latium ; ou le
Sère et l'Indien placés sous les premiers feux de l'Orient : soumis à
toi seul, mais sans envier ton pouvoir, César gouvernera la terre,
tandis que tu ébranleras l'Olympe sous les roues de ton char redoutable, et que tu lanceras tes foudres vengeresses sur les bois profanés
par nos crimes.

ævo	par le temps
occulto;	caché (aux progrès insensibles);
sidus Julium	l'astre de Jules *César*
micat inter omnes,	brille entre tous,
velut luna	comme la lune
inter ignes minores.	parmi les feux (astres) moindres.
Pater atque custos	Père et conservateur
gentis humanæ,	de la race humaine,
orte Saturno,	issu de Saturne,
tibi data fatis	à toi *a été* donné par les destins
cura magni Cæsaris :	le soin du grand César :
tu regnes,	toi, règne,
Cæsare secundo.	César *étant ton* second *sur la terre.*
Ille,	Lui (César),
seu egerit	soit qu'il ait repoussé
domitos justo triumpho	domptés par un juste triomphe
Parthos imminentes Latio,	les Parthes qui menacent le Latium,
sive	soit *qu'il ait repoussé*
Seras et Indos	les Sères et les Indiens
subjectos oræ	placés-sous le bord (la zone)
Orientis,	de l'Orient,
minor te	inférieur à toi
æquus	*mais* égal (non jaloux)
reget latum orbem;	gouvernera le vaste univers;
tu quaties Olympum	toi tu ébranleras l'Olympe
curru gravi,	de *ton* char terrible,
tu mittes	toi tu lanceras
lucis parum castis	sur les bois peu purs (profanés)
fulmina inimica.	les foudres ennemies.

CARMEN XIII.

AD LYDIAM.

Quum tu, Lydia, Telephi
Cervicem roseam, cerea Telephi
　Laudas brachia; væ ! meum
Fervens difficili bile tumet jecur.

Tunc nec mens mihi nec color
Certa sede manent, humor et in genas
　Furtim labitur, arguens
Quam lentis penitus macerer ignibus.

Uror, seu tibi candidos
Turparunt humeros immodicæ mero　　　　　　　10
　Rixæ, sive puer furens
Impressit memorem dente labris notam¹

Non, si me satis audias,
Speres perpetuum dulcia barbare
　Lædentem oscula, quæ Venus　　　　　　　15
Quinta parte sui nectaris² imbuit.

Felices ter et amplius,
Quos irrupta tenet copula, nec malis
　Divulsus querimoniis
Suprema citius solvet amor die.　　　　　　　20

ODE XIII.

A LYDIE.

O Lydie, quand je t'entends louer et le cou de rose de Télèphe
et les bras d'ivoire de Télèphe, j'ai peine à contenir la bile qui
bouillonne dans mon cœur enflammé. Ma raison m'abandonne, mon
front change de couleur, et de furtives larmes, coulant sur mes
joues, trahissent le feu lent et caché qui me consume. Soit qu'en vos
luttes amoureuses échauffées des vins d'une orgie, Télèphe ait de ses
caresses meurtri tes blanches épaules ; soit que ton jeune amant ait,
dans son délire, violemment imprimé sur ta lèvre sa dent passionnée,
je me sens brûlé de mille feux. Oh ! si tu m'écoutais, Lydie, tu ne
croirais pas à la constance de celui qui cueille en barbare sur ta
bouche des baisers que Vénus a parfumés de son nectar le plus doux.
Heureux, trois et quatre fois heureux ceux que retient unis un
indissoluble nœud, dont l'amour n'est jamais troublé par de funestes
querelles, et que la mort seule vient trop tôt séparer !

CARMEN XIII.

AD LYDIAM.

ODE XIII.

A LYDIE.

Quum tu, Lydia,
laudas cervicem roseam
Telephi,
brachia cerea Telephi,
væ ! meum jecur
fervens
tumet bile difficili.
Tunc nec mens
nec color
manent mihi
sede certa,
et humor
labitur furtim
in genas,
arguens
quam macerer penitus
ignibus lentis.
Uror,
seu rixæ
immodicæ mero
turparunt humeros
candidos,
sive puer furens
impressit labris
dente
notam memorem.
Si me audias satis,
non speres
perpetuum,
lædentem barbare
dulcia oscula,
quæ Venus imbuit
quinta parte
sui nectaris.
Felices ter et amplius,
quos copula irrupta
tenet,
nec solvet
citius suprema die
amor divulsus
malis querimoniis.

Lorsque toi, Lydie,
tu loues le cou de-rose
de Télèphe ;
les bras de-cire de Télèphe,
hélas ! mon foie
échauffé
se gonfle d'une bile difficile à contenir.
Alors ni l'esprit
ni la couleur
ne restent à moi
à une place certaine (la même),
et l'eau (les larmes)
coule furtivement
sur mes joues,
décelant
combien je suis miné profondément
par des feux lents.
Je me brûle de douleur,
soit que des rixes
devenues immodérées par le vin
aient dégradé tes épaules
blanches,
soit que ce jeune homme en-délire
ait imprimé sur tes lèvres
avec sa dent   [amour.
une marque qui-fait-souvenir de son
Si tu m'écoutais assez,
tu n'espérerais pas celui-là
devoir être éternel dans son amour,
qui blesse en-barbare
tes doux baisers (tes lèvres),
que Vénus a parfumés
de la cinquième partie
de son nectar.
Heureux trois fois et plus,
ceux qu'un lien indissoluble
retient,
et que ne séparera pas
plus tôt que (avant) le dernier jour
un amour rompu
par de tristes querelles.

CARMEN XIV.

AD REMPUBLICAM.

O navis [1], referent in mare te novi
Fluctus! O quid agis? fortiter occupa
    Portum. Nonne vides, ut
    Nudum remigio latus,
Et malus celeri saucius Africo,   5
Antennæque gemant, ac sine funibus
    Vix durare [2] carinæ
    Possint imperiosius
Æquor? Non tibi sunt integra lintea,
Non di, quos iterum pressa voces malo.   10
    Quamvis Pontica pinus,
    Silvæ filia nobilis,
Jactes et genus et nomen inutile,
Nil pictis timidus navita puppibus
    Fidit. Tu, nisi ventis   15
    Debes ludibrium, cave.
Nuper sollicitum quæ mihi tædium,
Nunc desiderium curaque non levis,
    Interfusa nitentes
    Vites æquora Cycladas [3].   20

ODE XIV.

À LA RÉPUBLIQUE.

Cher vaisseau! de nouveaux orages vont te reporter au milieu des mers! Hélas! que fais-tu? Tiens-toi ferme dans le port. Ne vois-tu pas tes flancs dégarnis de rames et ton mât brisé par l'impétueux autan? N'entends-tu pas gémir tes antennes? Pourras-tu sans cordages résister à la fureur des flots? Tu n'as plus tes voiles entières; tu n'as plus de dieu que tu puisses invoquer dans ta nouvelle détresse. En vain le Pont te donna naissance; enfant d'une illustre forêt, tu vanteras inutilement ton nom et ton origine : les peintures de ta poupe ne rassurent point le pilote alarmé. Si tu ne veux pas devenir le jouet des vents, fuis le danger. O toi, naguère ma peine et mon inquiétude, aujourd'hui l'objet de mes vœux et de ma tendre sollicitude, évite surtout les détroits qui séparent les brillantes Cyclades.

CARMEN XIV.

AD REMPUBLICAM.

O navis,
fluctus novi
te referent in mare!
O quid agis?
occupa fortiter portum.
Nonne vides,
ut latus
nudum remigio,
et malus
saucius
celeri Africo
antennæque gemant,
ac carinæ
sine funibus
possint vix durare
æquor imperiosius?
Tibi non sunt
lintea integra,
non di,
quos voces
pressa iterum malo.
Quamvis pinus Pontica,
filia nobilis silvæ,
jactes et genus,
et nomen inutile,
navita timidus
fidit nil
puppibus pictis.
Tu cave,
nisi debes
ludibrium ventis.
Quæ mihi nuper
tædium sollicitum,
nunc desiderium
curaque non levis,
vites æquora
interfusa Cycladas nitentes.

ODE XIV.

A LA RÉPUBLIQUE.

O vaisseau,
des flots nouveaux (les flots de nouveau)
te reporteront donc sur la mer!
Oh! que fais-tu?
tiens fortement le port.
Ne vois-tu pas,
comme ton flanc
nu (dépouillé) de rames,
et comme ton mât
blessé (endommagé)
par le rapide Africus
et comme tes antennes gémissent,
et comme ta carène
sans cordages
peut à peine supporter
la mer plus impérieuse (en courroux)?
A toi ne sont pas
des voiles entières,
à toi ne sont pas des dieux,
que tu puisses appeler   [tresse).
opprimé de nouveau par le mal (la dé-
Bien que toi, sapin du-Pont,
fille d'une noble forêt,
tu vantes et ton origine,
et ton nom (ta noblesse) inutile,
le matelot timide
ne se fie en rien
aux poupes peintes.
Toi prends-garde,
si tu ne dois pas (ne veux pas fournir)
un jouet aux vents.
Toi qui étais pour moi naguère
un sujet de chagrin inquiet,
maintenant objet-de-tendresse
et souci non léger,
évite les mers
répandues-entre les Cyclades brillantes,

CARMEN XV.

NEREI VATICINIUM.

Pastor[1] quum traheret per freta navibus
Idæis Helenen perfidus hospitam[2],
Ingrato celeres obruit otio[3]
    Ventos, ut caneret fera
Nereus fata : « Mala ducis avi[4] domum,   5
Quam multo repetet Græcia milite,
Conjurata tuas rumpere nuptias,
    Et regnum Priami vetus.
Eheu ! quantus equis, quantus adest viris
Sudor ! quanta moves funera Dardanæ   10
Genti[5] ! Jam galeam Pallas et ægida
    Currusque et rabiem parat.
Nequicquam Veneris præsidio ferox
Pectes cæsariem, grataque feminis
Imbelli cithara carmina divides ;   15
    Nequicquam thalamo graves
Hastas et calami spicula Gnosii
Vitabis, strepitumque et celerem sequi
Ajacem ; tamen, heu ! serus adulteros
    Crines pulvere collines.   20

ODE XV.

PRÉDICTION DE NÉRÉE.

Quand sur des vaisseaux enfants de l'Ida le berger Troyen, hôte perfide, entraînait Hélène à travers les flots, Nérée enchaîna les vents rapides dans un calme importun à leur impatience pour prédire au ravisseur ses funestes destins : « Tu conduis dans ta patrie, sous de sinistres auspices, celle que viendra te redemander, avec tous ses bataillons, la Grèce conjurée pour briser les nœuds de ton hymen et le trône antique de Priam. Hélas ! quels flots de sueur inondent les chevaux et les soldats ! Que de funérailles tu prépares aux descendants de Dardanus ! Déjà Pallas, aiguisant sa rage, apprête son casque, son égide et son char. En vain, fier de l'appui de Vénus, tu prendras soin de ta chevelure, et mariant ta voix à ta lyre efféminée, tu feras entendre des chants aimés des femmes ; en vain, réfugié dans ta couche, tu te déroberas aux pesantes javelines, aux flèches acérées de la Crète, au bruit des armes, à la vive poursuite d'Ajax. Un jour, trop tard, hélas ! tu souilleras dans la poudre

CARMEN XV.

VATICINIUM NEREI.

Quum pastor perfidus
traheret per freta
navibus Idæis
Helenen hospitam,
Nereus obruit
otio ingrato
ventos celeres,
ut caneret fata fera.
« Ducis domum
mala avi,
quam Græcia
repetet
milite multo,
conjurata
rumpere tuas nuptias,
et vetus regnum Priami.
Eheu! quantus sudor
adest equis,
quantus viris!
quanta funera
moves
genti Dardanæ!
Jam Pallas
parat galeam et ægida
currusque et rabiem.
Nequicquam
ferox præsidio Veneris
pectes cæsariem,
dividesque
imbelli cithara
carmina grata feminis;
nequicquam
vitabis thalamo
hastas graves
et spicula calami Gnosii,
strepitumque
et Ajacem celerem sequi;
tamen, serus, heu!
collines pulvere
crines adulteros.

ODE XV.

PRÉDICTION DE NÉRÉE.

Quand le pasteur perfide
entraînait à travers les mers
sur les vaisseaux de-l'Ida
Hélène *son* hôtesse,
Nérée abattit (fit tomber)
par un repos désagréable *aux vents*
les vents rapides,
pour qu'il chantât les destins terribles.
« Tu emmènes dans *ta* maison
sous un funeste oiseau (présage),
cette femme que la Grèce
redemandera
avec un soldat nombreux,
la Grèce liée-par-serment
pour briser *ton* union-nuptiale,
et l'antique royaume de Priam.
Hélas! quelle sueur
est aux chevaux,
quelle *sueur* aux guerriers!
quelles funérailles
tu remues (tu prépares)
à la race de-Dardanus!
Déjà Pallas
prépare *son* casque et *son* égide
et *son* char et *sa* fureur.
Vainement
fier de l'appui de Vénus
tu peigneras *ta* chevelure,   [*ment*
et tu partageras *entre ta voix et ton instru-*
avec *ta* lâche cithare
des chants agréables aux femmes;
vainement
tu éviteras dans ton appartement
les javelots terribles
et les traits de la flèche de-Gnose,
et le bruit *de la bataille*
et Ajax prompt à poursuivre;
cependant, tardif (mais trop tard), hélas !
tu souilleras de poussière
tes cheveux adultères.

Non Laertiaden[6], exitium tuæ
Genti, non Pylium Nestora respicis?
Urgent impavidi te Salaminius
    Teucer et Sthenelus sciens
Pugnæ, sive opus est imperitare equis,   25
Non auriga piger. Merionen quoque
Nosces. Ecce furit te reperire atrox.
    Tydides, melior patre;
Quem tu, cervus uti vallis in altera
Visum parte lupum graminis immemor,   30
Sublimi fugies mollis anhelitu,
    Non hoc pollicitus tuæ[7].
Iracunda diem proferet Ilio
Matronisque Phrygum classis Achillei;
Post certas hiemes uret Achaicus   35
    Ignis Iliacas domos. »

tes cheveux adultères. Ne vois-tu pas derrière toi le fils de Laërte, fléau de ta race? Ne vois-tu pas Nestor, roi de Pylos? Déjà te pressent deux guerriers intrépides, Teucer de Salamine et Sthénélus, savant dans l'art de la guerre, et dont la main habile sait diriger des coursiers. Tu connaîtras aussi Mérion. Voici que le terrible fils de Tydée, plus vaillant que son père, brûle de te rencontrer. Mais toi, tel que le cerf timide, oubliant l'herbe du pâturage, fuit un loup qu'il a vu de l'autre côté du vallon, lâche, tu fuiras devant lui, haletant, éperdu, et ce n'est pas là ce que tu avais promis à ton Hélène. La flotte courroucée d'Achille prolongera les jours d'Ilion et des femmes Troyennes; mais ils sont comptés, les hivers après lesquels le feu des Grecs embrasera les palais de Pergame. »

Non respicis
Laertiaden,
exitium tuæ genti,
non Nestora Pylium?
Impavidi urgent te,
Teucer Salaminius,
et Sthenelus
sciens pugnæ,
sive est opus
imperitare equis,
auriga non piger.
Nosces quoque Merionen.
Ecce atrox Tydides,
melior patre,
furit te reperire;
quem tu mollis
fugies
anhelitu
sublimi,
uti cervus
immemor graminis
lupum
visum
in altera parte vallis,
non pollicitus
hoc
tuæ.
Classis iracunda Achillei
proferet diem
Ilio
matronisque Phrygum;
post hiemes certas,
ignis Achaicus
uret domos Iliacas. »

Ne vois-tu-pas-derrière-toi
le fils-de-Laërte,
fléau pour ta race,
ne *vois-tu* pas Nestor de-Pylos?
Intrépides ils te pressent,
Teucer de-Salamine,
et Sthénélus
qui-a-la-science du combat,
ou *qui*, s'il est besoin
de commander à des chevaux,
est un cocher non indolent.
Tu connaîtras aussi Mérion.
Voici que le terrible fils-de-Tydée
plus brave que *son* père,
brûle de te trouver;
Diomède que toi efféminé
tu fuiras
avec un essoufflement
qui-fait-lever-la-tête,
comme le cerf
oubliant l'herbe
fuit un loup
vu (qu'il a aperçu)
dans un autre côté du vallon,
tu fuiras, quoique n'ayant pas promis
cela, *mais le contraire,*
à ton *Hélène.*
La flotte irritée d'Achille
prolongera le jour (la durée)
pour Ilion
et pour les mères des Phrygiens;
après *le nombre* d'hivers fixés,
le feu Achéen
brûlera les demeures d'-Ilion. »

CARMEN XVI.

PALINODIA.

O matre pulchra filia pulchrior,
Quem criminosis cumque voles modum
   Pones iambis, sive flamma,
    Sive mari libet Adriano.
Non Dindymene[1], non adytis quatit   5
Mentem sacerdotum incola Pythius,
   Non Liber æque, non acuta
    Sic geminant Corybantes[2] æra,
Tristes ut iræ : quas neque Noricus[3]
Deterret ensis, nec mare naufragum,   10
   Nec sævus ignis, nec tremendo
    Jupiter ipse ruens tumultu.
Fertur Prometheus addere principi
Limo coactus particulam undique
   Desectam, et insani leonis   15
    Vim stomacho apposuisse nostro.

ODE XVI.

PALINODIE.

O fille plus belle encore que ta charmante mère, ordonne à ton gré du sort de mes iambes injurieux : choisis ou la flamme ou les flots de la mer Adriatique. Ni les fureurs que Cybèle inspire, ni les secousses dont le vainqueur de Python ébranle le cœur de la prêtresse dans son antre sacré, ni les transports de Bacchus, ni le bruit strident de l'airain sous les coups redoublés des Corybantes, rien n'égale les funestes effets de la colère. Rien ne l'effraye, ni l'homicide épée de la Norique, ni la mer couverte de naufrages, ni la flamme et ses fureurs, ni Jupiter lui-même se précipitant sur la terre avec les redoutables éclats de sa foudre.

   On dit que Prométhée, forcé d'ajouter au limon créateur une parcelle empruntée à chacun des animaux, souffla dans notre cœur la

CARMEN XVI.

PALINODIA.

O filia pulchrior
matre pulchra,
pones
iambis criminosis
quemcumque modum
voles,
sive libet
flamma,
sive mari Adriano.
Non Dindymene,
non incola Pythius
quatit adytis
mentem sacerdotum,
non Liber æque,
non Corybantes
geminant sic
æra acuta,
ut tristes iræ :
quas deterret
neque ensis Noricus,
nec mare naufragum,
nec ignis sævus,
nec Jupiter ipse,
ruens
tumultu tremendo.
Prometheus fertur
addere
coactus
limo principi
particulam
desectam undique,
et apposuisse
nostro stomacho
vim leonis insani.

ODE XVI.

PALINODIE.

O fille plus belle
que *ta* mère belle *pourtant*,
tu imposeras
à *mes* iambes satiriques
le terme (sort) quelconque que
tu voudras,
soit qu'il *te* plaise
* *de les détruire* avec les flammes,
soit dans la mer Adriatique.
Ni Dindymène (Cybèle),
ni l'habitant de Pytho
n'ébranle dans le sanctuaire
le cœur des prêtres,
ni Bacchus ne *l'*ébranle également,
ni les Corybantes
ne frappent-à-coups-redoublés ainsi
l'airain au-son-aigu,
comme les tristes colères :
elles que n'effraye
ni l'épée du-Norique,
ni la mer où-l'on-fait-naufrage,
ni le feu menaçant,
ni Jupiter lui-même
se précipitant *en tonnerre*
avec un fracas épouvantable.
Prométhée est rapporté
ajouter (avoir ajouté)
y étant forcé
au limon primitif
une parcelle   [les êtres),
détachée de tous côtés (empruntée à tous
et avoir placé
dans notre poitrine
la violence du lion furieux.

Iræ Thyesten exitio gravi
Stravere, et altis urbibus ultimæ
   Stetere causæ, cur perirent
Funditus, imprimeretque muris   20
Hostile aratrum exercitus insolens.
Compesce mentem. Me quoque pectoris
   Tentavit in dulci juventa
Fervor, et in celeres iambos
Misit furentem. Nunc ego mitibus   25
Mutare quæro tristia, dum mihi
   Fias recantatis amica
Opprobriis, animumque reddas.

rage du lion. La colère précipita Thyeste dans un abîme de malheurs;
la colère a seule renversé de fond en comble de superbes cités, et pro-
mené sur leurs remparts la charrue ennemie d'un vainqueur insolent.

Apaise donc ton âme irritée. Moi-même, au temps heureux de ma
jeunesse, de bouillants transports m'ont égaré, ont armé ma fureur
du rapide ïambe. Aujourd'hui, je veux changer l'amertume en douceur, pourvu qu'indulgente envers un ami qui désavoue ses outrages,
tu daignes me rendre ton cœur.

Iræ stravere Thyesten
exitio gravi,
et stetere
urbibus altis
causæ ultimæ
cur perirent funditus,
exercitusque insolens
imprimeret muris
aratrum hostile.
Compesce mentem.
Fervor pectoris
me tentavit quoque
in dulci juventa,
et misit furentem
in iambos celeres.
Nunc ego quæro
mutare tristia
mitibus,
dum mihi fias amica
opprobriis recantatis,
reddasque animum.

La colère abattit Thyeste
par une fin terrible,
et fut
pour les villes élevées
la cause dernière
pour qu'elles périssent de fond en comble,
et qu'une armée insolente
fît-passer sur *leurs* murs
une charrue ennemie.
Apaise *ton* âme.
L'ardeur de la poitrine (du cœur)
m'a éprouvé aussi
dans la douce jeunesse,
et *me* lança en-délire
dans les ïambes rapides.
Maintenant je cherche
à remplacer des *vers* amers
par de doux,
pourvu que tu me deviennes amie
mes injures étant rétractées,
et que tu *me* rendes *ton* cœur.

CARMEN XVII.

AD TYNDARIDEM.

Velox amœnum sæpe Lucretilem[1]
Mutat Lycæo[2] Faunus, et igneam
   Defendit æstatem capellis
     Usque meis, pluviosque ventos.
Impune tutum per nemus arbutos   5
Quærunt latentes et thyma deviæ
   Olentis uxores mariti[3],
     Nec virides metuunt colubras,
Nec Martiales Hædiliæ[4] lupos;
Utcumque dulci, Tyndari, fistula   10
   Valles et Usticæ[5] cubantis
     Levia personuere saxa.
Di me tuentur, dis pietas mea
Et Musa cordi est. Hinc tibi copia
   Manabit ad plenum benigno,   15
     Ruris honorum opulenta, cornu.

ODE XVII.

A TYNDARIS.

Faune aux pieds légers quitte souvent le Lycée pour le riant Lucrétile, et toujours il garantit mes chèvres de l'été brûlant et des vents pluvieux. Dès que sa flûte mélodieuse a fait retentir les vallons et les roches polies où s'incline Ustique, ces maîtresses vagabondes d'un époux que trahit son odeur, cherchent sans danger dans les bois le thym et l'arbousier qui se cache, sans avoir à craindre, en courant sur les sommets d'Hédilia, ni la verte couleuvre ni le loup consacré à Mars.

Oui, Tyndaris, les dieux me protègent ; les dieux aiment mes pieux hommages et mes vers. Ici, l'abondance épanchera pour toi de sa corne féconde tous les trésors des champs. Ici, dans un vallon

CARMEN XVII.

AD TYNDARIDEM.

Velox Faunus
mutat sæpe Lycæo
amœnum Lucretilem,
et defendit usque
meis capellis
æstatem igneam,
ventosque pluvios.
Uxores deviæ
mariti olentis
quærunt impune per nemus
arbutos latentes
et thyma,
nec metuunt
virides colubras,
nec lupos Hædiliæ
Martiales;
utcumque, Tyndari,
valles
et saxa levia
Usticæ cubantis
personuere dulci fistula.
Di me tuentur,
mea pietas et Musa
est cordi dis.
Hinc copia
opulenta
honorum ruris
manabit tibi
ad plenum
cornu benigno.

ODE XVII.

A TYNDARIS.

L'agile (le léger) Faune
échange souvent contre le Lycée
l'agréable Lucrétile,
et écarte toujours
de mes chèvres
l'été de-feu (enflammé),
et les vents pluvieux.
Les épouses vagabondes
du mari qui-sent-mauvais (du bouc)
cherchent sans-danger dans le bois
les arbousiers cachés
et le thym;
et ne craignent pas
les vertes couleuvres,
ni les loups de l'Hédilia
consacrés-à-Mars;
dès que, Tyndaris,
les vallées
et les roches polies
d'Ustique couché (en pente)
ont retenti de sa douce flûte.
Les dieux me protégent,
ma piété et ma Muse
sont à cœur aux dieux.
D'ici (ici) l'abondance
opulente
en honneurs (en biens) de la campagne
coulera pour toi
jusqu'au plein (jusqu'à satiété)
d'une corne bienveillante (libérale).

Hic in reducta valle Caniculæ
Vitabis æstus ; et fide Teia [6]
   Dices laborantes in uno [7]
     Penelopen vitreamque [8] Circen.   20
Hic innocentis pocula Lesbii
Duces sub umbra ; nec Semeleius
   Cum Marte confundet Thyoneus
     Prælia, nec metues protervum .
Suspecta Cyrum , ne male dispari   25
Incontinentes injiciat manus ,
   Et scindat hærentem coronam
     Crinibus, immeritamque vestem.

solitaire, tu trouveras un abri contre les feux de la Canicule, et, sur
le luth de Téos, tu chanteras les tourments, les amours rivaux de
Pénélope et de l'inconstante Circé. Ici, tu savoureras à l'ombre
l'innocent nectar de Lesbos. Le fils de Sémélé ne mêlera pas à son
délire les combats de Mars ; et tu n'auras pas à craindre que, dans
sa jalouse fureur, l'audacieux Cyrus, abusant de ses forces, porte
sur toi ses mains brutales, déchire la couronne enlacée à tes cheveux,
et ta robe, qui n'a pas mérité de tels outrages.

Hic in valle reducta	Ici dans un vallon retiré
vitabis æstus Caniculæ,	tu éviteras les chaleurs de la Canicule,
et fide Teia	et sur la lyre de-Téos
dices Penelopen	tu diras (chanteras) Pénélope
Circenque vitream	et Circé de-verre (fragile, volage)
laborantes	travaillant *de l'esprit* (inquiètes)
in uno.	au sujet d'un seul (même) *homme.*
Hic duces sub umbra	Ici tu humeras sous (à) l'ombre
pocula Lesbii	des coupes *de vin* de-Lesbos
innocentis;	qui-ne-nuit-pas;
nec Semeleius Thyoneus	et le fils-de-Sémélé Thyonée
confundet prælia	ne mêlera (n'engagera) pas de combats
cum Marte,	avec Mars,
nec metues	et tu ne craindras pas
protervum Cyrum	le violent Cyrus
suspecta,	étant soupçonnée *par lui*,
ne injiciat male	qu'il në jette honteusement
dispari	sur *toi* inégale *en forces*
manus	des mains
incontinentes,	qui-ne-se-contiennent pas (brutales),
et scindat coronam	et déchire la couronne
hærentem crinibus,	attachée à *tes* cheveux,
vestemque immeritam.	et *ta* robe innocente.

CARMEN XVIII.

AD VARUM.

Nullam, Vare[1], sacra vite prius severis arborem
Circa mite solum Tiburis et mœnia Catili.
Siccis[2] omnia nam dura deus proposuit, neque
Mordaces aliter diffugiunt sollicitudines.
Quis post vina gravem militiam aut pauperiem crepat?   5
Quis non te potius, Bacche pater, teque, decens Venus?
At, ne quis modici transiliat munera Liberi,
Centaurea monet cum Lapithis rixa super mero
Debellata, monet Sithoniis non levis Evius,
Quum fas atque nefas exiguo fine libidinum   10

ODE XVIII.

A VARUS.

   Garde-toi, Varus, de planter aucun arbre avant la vigne sacrée, dans le délicieux terroir de Tibur, autour des murs de Catilus ; car, Bacchus ainsi l'a voulu, tout est malheur pour l'homme qui ne boit pas : le vin seul met en fuite les soucis rongeurs. Quel est celui qui, après boire, se plaint des fatigues de la guerre ou des rigueurs de la pauvreté ? Ah ! bien plutôt il ne chante que toi, bienfaisant Bacchus, et toi, riante Vénus. Mais qu'on ne franchisse pas les bornes que prescrit le dieu dans l'usage de ses dons. Songeons aux combats sanglants des Centaures et des Lapithes, à qui l'ivresse mit les armes à la main. Songeons au courroux de Bacchus contre les Thraces, quand, dans leur soif insatiable, leurs passions reconnaissent à peine un intervalle étroit entre le crime et la vertu. O Bassarée, dieu

CARMEN XVIII.

AD VARUM.

Vare,
severis nullam arborem
prius vite sacra
circa mite solum Tiburis
et mœnia Catili.
Nam deus
proposuit omnia dura
siccis,
neque sollicitudines
mordaces
diffugiunt
aliter.
Quis post vina
crepat
gravem militiam
aut pauperiem?
Quis non potius
te, pater Bacche,
teque, decens Venus?
At rixa Centaurea
debellata super mero
cum Lapithis
monet ne quis transiliat
munera
Liberi modici,
Evius monet
non levis
Sithoniis,
quum avidi
discernunt
fine exiguo libidinum
fas atque nefas.

ODE XVIII.

A VARUS.

Varus,
ne plante nul arbre
avant la vigne sacrée
autour du doux sol de Tibur
et des murs de Catilus.
Car un dieu   [rudes
a fixé-d'avance (destiné) toutes choses
aux *gens* à-sec (qui ne boivent pas),
et les soucis
rongeurs
ne se dissipent pas
autrement *qu'en buvant.*
Qui après le vin (après boire)
a-à-la-bouche
le lourd service-militaire
ou la pauvreté?
Qui n'*a* pas plutôt *à la bouche*
toi, père (dieu) Bacchus,
et toi, belle Vénus?
Mais la rixe des-Centaures
combattue (engagée) après le vin
avec les Lapithes
avertit que l'on ne dépasse pas
les présents (bienfaits)
de Bacchus pris-avec-mesure,
Bacchus *nous en* avertit
Bacchus non léger (irrité)
contre les Thraces,
lorsque avides
ils distinguent
par la limite étroite des passions
le permis et l'illicite.

Discernunt avidi. Non ego te , candide Bassareu ,
Invitum quatiam[3], nec variis obsita frondibus
Sub divum rapiam. Sæva tene cum Berecynthio
Cornu tympana, quæ subsequitur cæcus amor sui ,
Et tollens vacuum plus nimio Gloria verticem ,   15
Arcanique Fides prodiga , pellucidior vitro.

sans fard , ce n'est pas moi qui violerai le secret de ton sanctuaire;
je ne révélerai point au jour tes symboles cachés sous le feuillage.
Mais laisse en repos les redoutables cymbales et le cor de Bérécynthe,
qui traînent à leur suite l'amour-propre aveugle, et l'orgueil dont
la tête vide s'élève jusqu'aux cieux , et l'indiscrétion plus transparente
que le verre.

Ego non quatiam	Moi je ne mettrai-pas-en-mouvement
te invitum,	toi contre-ton-gré,
candide Bassareu,	sincère Bacchus,
nec rapiam sub divum	et je n'entraînerai pas sous (à) l'air
obsita	*tes objets sacrés* voilés
frondibus variis.	de feuillages divers.
Tene tympana sæva	Retiens *ta* cymbale étourdissante
cum cornu Berecynthio,	avec la trompe du-Bérécynthe,
quæ subsequitur	que suit-de-près
cæcus amor sui,	l'aveugle amour de soi,
et Gloria	et l'Orgueil
tollens plus nimio	qui élève plus que trop (à l'excès)
verticem vacuum,	*sa* tête vide,
Fidesque	et la Confiance
prodiga arcani,	prodigue (divulgatrice) du secret,
pellucidior vitro.	plus transparente que le verre.

CARMEN XIX.

GLYCERA.

Mater sæva cupidinum [1]
Thebanæque jubet me Semeles puer
　　Et lasciva Licentia
Finitis animum reddere amoribus.
　　Urit me Glyceræ nitor,　　　　　　　　　5
Splendentis Pario marmore purius ;
　　Urit grata protervitas,
Et vultus nimium lubricus adspici.
　　In me tota ruens Venus
Cyprum deseruit, nec patitur Scythas,　　　10
　　Et versis animosum equis
Parthum dicere, me quæ nihil attinent.
　　Hic vivum mihi cespitem, hic
Verbenas, pueri, ponite, turaque
　　Bimi cum patera meri :　　　　　　　　15
Mactata veniet lenior hostia.

ODE XIX.

GLYCÈRE.

La mère des désirs voluptueux, et Bacchus, et l'attrait des
plaisirs, m'ordonnent de rendre aux amours mon cœur qui leur
avait dit adieu. Je me sens brûlé de feux à la vue de l'éclatante beauté
de Glycère, de Glycère dont le teint brille plus pur que le marbre
de Paros ; je m'enflamme à son agaçant badinage, au charme dangereux de ses regards. Vénus, désertant ses temples de Cypre, fond tout
entière sur moi, et ne souffre plus que je chante les Scythes, ni le
Parthe belliqueux qui combat en fuyant, ni aucun sujet étranger
à l'amour. Eh bien ! jeunes esclaves, disposez ici des autels de
frais gazons ; apportez-y de la verveine et de l'encens, et une coupe
de vin de deux ans : un sacrifice à Vénus la rendra plus propice à
mes vœux.

CARMEN XIX.

GLYCERA.

Mater sæva cupidiqum
puerque Semeles Thebanæ
et Licentia lasciva
jubet me
reddere animum
amoribus finitis.
Nitor Glyceræ,
splendentis purius
marmore Pario,
me urit;
protervitas grata
urit,
et vultus
nimium lubricus adspici.
Venus ruens tota in me
deseruit Cyprum,
nec patitur
dicere Scythas,
et Parthum animosum
equis versis,
quæ
attinent nihil me.
Ponite mihi hic
cespitem vivum,
hic verbenas,
pueri,
turaque
cum patera meri bimi :
veniet lenior,
hostia mactata.

ODE XIX.

GLYCÈRE.

La mère cruelle des désirs
et le fils de Sémélé la Thébaine
et la Hardiesse lascive
ordonnent à moi
de rendre *mon* cœur
à des amours finies.
L'éclat de Glycère,
qui brille plus purement
que le marbre de-Paros,
me brûle (m'enflamme);
son agacerie agréable
*m'*enflamme,
et (ainsi que) *son* regard
trop mobile à être vu.
Vénus fondant tout entière sur moi
a abandonné Cypre,
et elle ne souffre pas
moi dire (que je chante) les Scythes,
et le Parthe ardent
ses chevaux étant retournés (en fuyant),
sujets qui
ne regardent en rien moi-*même*.
Placez-moi ici
un gazon vif (frais),
placez-moi ici de la verveine,
jeunes-garçons,
et de l'encens
avec une coupe de vin de-deux-ans :
Vénus viendra plus douce,
une victime étant immolée.

CARMEN XX.

AD MÆCENATEM.

Vile potabis modicis Sabinum [1]
Cantharis, Græca quod ego ipse testa
Conditum levi, datus in theatro
    Quum tibi plausus,
Care Mæcenas eques, ut paterni   5
Fluminis ripæ, simul et jocosa
Redderet laudes tibi Vaticani
    Montis imago.
Cæcubum et prælo domitam Caleno
Tu bibes uvam : mea nec Falernæ   10
Temperant vites neque Formiani
    Pocula colles.

ODE XX.

A MÉCÈNE.

Illustre chevalier, cher Mécène, tu boiras dans mes humbles coupes un modeste vin de Sabine que je scellai moi-même, dans des amphores Grecques, le jour que tu reçus au théâtre ces glorieux applaudissements dont retentirent les rives du fleuve qui arrose ta terre natale, et que répéta le joyeux écho du mont Vatican. Tu boiras chez toi le Cécube et le jus des raisins foulés par les pressoirs de Calès ; mais moi, je n'ai ni les vignes de Falerne, ni les coteaux de Formies pour corriger mon vin.

CARMEN XX.

AD MÆCENATEM.

ODE XX.

A MÉCÈNE.

Potabis	Tu boiras
cantharis modicis	dans des coupes modestes
Sabinum vile,	du *vin* Sabin de-peu-de-prix,
quod ego ipse levi	que moi-même j'ai cacheté
conditum	enfermé
testa græca,	dans une amphore grecque,
quum plausus	lorsqu'un applaudissement
datus tibi in theatro,	*fut* donné à toi au théâtre,
care Mæcenas, eques,	cher Mécène, chevalier,
ut ripæ	au point que les rives
fluminis paterni,	du fleuve de-ta-patrie,
et simul imago jocosa	et en même temps l'écho joyeux
montis Vaticani	du mont Vatican
redderet tibi laudes.	répétait à toi les louanges.
Tu bibes Cæcubum,	Toi (chez toi) tu boiras du Cécube,
et uvam	et du raisin
domitam prælo Caleno :	dompté (foulé) par le pressoir de-Calès :
nec vites Falernæ	*mais* ni les vignes de-Falerne
neque colles Formiani	ni les coteaux de-Formies
temperant mea pocula.	ne corrigent mes boissons (mon vin).

CARMEN XXI.

DIANA ET APOLLO.

Dianam teneræ dicite virgines;
Intonsum, pueri[1], dicite Cynthium,
    Latonamque supremo
    Dilectam penitus Jovi.
Vos[2] lætam fluviis et nemorum coma   5
Quæcumque aut gelido prominet Algido,
    Nigris aut Erymanthi
    Silvis aut viridis Cragi;
Vos[3] Tempe totidem tollite laudibus,
Natalemque, mares, Delon Apollinis,   10
    Insignemque pharetra
    Fraternaque humerum lyra.
Hic bellum lacrimosum, hic miseram famem,
Pestemque a populo et principe Cæsare in
    Persas atque Britannos   15
    Vestra motus aget prece.

ODE XXI.

DIANE ET APOLLON.

Jeunes vierges, chantez Diane; jeunes Romains, chantez le dieu du Cynthe à la belle chevelure, et Latone tendrement aimée du tout-puissant Jupiter. Vous, célébrez la déesse qui se plaît au bord des fleuves, et sous l'épais feuillage dont se couronnent ou le frais Algide, ou le sombre Erymanthe, ou le Cragus verdoyant.

Vous, jeunes garçons, célébrez la vallée de Tempé, et Délos où naquit Apollon, et le carquois qui brille sur sa blanche épaule, et la lyre que lui donna son frère.

Touché par vos prières, ce dieu détournera loin de César, loin de son peuple, les désastres de la guerre, les horreurs de la famine et de la peste, et les fera retomber sur les Perses et les Bretons.

CARMEN XXI.

DIANA ET APOLLO.

Teneræ virgines,
dicite Dianam;
pueri,
dicite Cynthium
intonsum,
Latonamque
dilectam penitus
supremo Jovi.
Vos lætam
fluviis
et coma nemorum,
quæcumque prominet
aut Algido gelidæ,
aut nigris silvis
Erymanthi
aut viridis Cragi;
vos, mares, totidem
tollite laudibus Tempe,
Delonque
natalem Apollinis,
humerumque
insignem pharetra
lyraque fraterna.
Hic,
motus vestra prece,
aget a populo
et Cæsare principe
in Persas atque Britannos
bellum lacrimosum,
hic
famem miseram,
pestemque.

ODE XXI.

DIANE ET APOLLON.

Tendres vierges,
chantez Diane;
jeunes-garçons,
chantez le *dieu* du-Cynthe
non-tondu (à la belle chevelure),
et Latone
chérie fortement
du souverain Jupiter.
Vous *célébrez la déesse* qui-se-plaît
aux fleuves
et à la chevelure des forêts,
laquelle *chevelure* se dresse
ou sur l'Algide frais,
ou dans les forêts noires
de l'Érymanthe
ou *dans celles* du vert Cragus;
vous, garçons, en-pareil-nombre
exaltez par *vos* louanges Tempé,
et Délos
île natale d'Apollon,
et l'épaule *du dieu*
remarquable par *son* carquois
et par la lyre de-son-frère.
C'est lui *qui,*
touché de votre prière,
poussera loin du peuple
et de César, chef *de l'empire,*
contre les Perses et les Bretons
la guerre sujet-de-larmes,
lui *qui poussera contre eux*
la famine déplorable,
et la peste.

CARMEN XXII.

AD ARISTIUM FUSCUM.

Integer vitæ scelerisque purus [1]
Non eget Mauris jaculis neque arcu,
Nec venenatis gravida sagittis,
    Fusce [2], pharetra;
Sive per Syrtes iter æstuosas [3],   5
Sive facturus per inhospitalem
Caucasum, vel quæ loca fabulosus
    Lambit Hydaspes [4].
Namque me silva lupus in Sabina,
Dum meam canto Lalagen et ultra   10
Terminum curis vagor expeditus,
    Fugit inermem;
Quale portentum neque militaris
Daunias latis alit æsculetis,
Nec Jubæ tellus [5] generat, leonum   15
    Arida nutrix.

ODE XXII.

A ARISTIUS FUSCUS.

Fuscus, l'homme intègre et pur de tout crime n'a besoin ni des javelots, ni de l'arc du Maure, ni de son carquois chargé de traits empoisonnés, soit qu'il traverse les Syrtes mouvantes de la Libye, soit qu'il franchisse le Caucase inhospitalier ou les contrées qu'arrose le fameux Hydaspe.

Ainsi, dans la forêt Sabine, tandis que je chantais ma chère Lalagé, et que, libre d'inquiétude, je m'égarais trop loin, un loup a fui devant moi, et j'étais sans armes. C'était un monstre tel que n'en a jamais nourri, dans ses vastes forêts de chênes, la Daunie belliqueuse, tel que n'en produit pas la terre de Juba, aride patrie des lions.

CARMEN XXII.

AD ARISTIUM FUSCUM.

Fusce, integer vitæ
purusque sceleris
non eget jaculis Mauris,
neque arcu, nec pharetra
gravida sagittis venenatis ;
facturus iter
sive per Syrtes æstuosas,
sive per Caucasum
inhospitalem,
vel loca quæ lambit
Hydaspes fabulosus.
Namque in silva Sabina
dum canto
meam Lalagen et vagor
ultra terminum
expeditus curis,
lupus fugit me inermem ;
portentum
quale neque Daunias
militaris
alit æsculetis latis,
nec tellus Jubæ,
arida nutrix leonum,
generat

ODE XXII.

A ARISTIUS FUSCUS.

Fuscus, *l'homme* intègre dans *sa* vie
et pur de crime
n'a pas besoin des javelots des-Maures,
ni de *leur* arc, ni de *leur* carquois
chargé de traits empoisonnés ;
devant-faire route
soit à travers les Syrtes brûlantes,
soit à travers le Caucase
inhospitalier,
ou *à travers* les lieux que lèche (arrose)
l'Hydaspe fabuleux.
En effet dans la forêt Sabine
tandis que je chante (je chantais)
ma *chère* Lalage et *que* j'erre (je m'égarais)
au delà de *toute* borne (trop loin)
dégagé de soucis,
un loup a fui moi étant-sans-armes ;
c'*était* un monstre
tel que ni la Daunie
belliqueuse
n'*en* nourrit dans *ses* chênaies vastes,
ni la terre de Juba,
aride nourrice des lions,
n'*en* produit.

Pone me pigris ubi nulla campis
Arbor æstiva recreatur aura,
Quod latus mundi nebulæ malusque
Jupiter urget ;
Pone sub curru nimium propinqui
Solis, in terra domibus negata :
Dulce ridentem Lalagen amabo,
Dulce loquentem.

20

Place-moi dans ces contrées engourdies par le froid où jamais le souffle de l'été ne ranime la verdure, dans cette partie du monde qu'assiégent les humides vapeurs d'un ciel en courroux ; place-moi dans ces régions inhabitables qu'embrase le char brûlant du soleil trop voisin de la terre, toujours j'aimerai Lalagé, son doux parler, son doux sourire.

Pone me campis pigris	Place-moi dans les champs paresseux
ubi nulla arbor	où aucun arbre
recreatur aura æstiva,	n'est-rafraîchi par le souffle de l'été,
quod latus mundi	lequel flanc (laquelle partie) du monde
nebulæ	les brouillards
Jupiterque malus urget ;	et Jupiter (un ciel) malfaisant assiégent ;
pone sub curru solis	place-*moi* sous le char du soleil
nimium propinqui,	trop voisin *de la terre*,
in terra	sur *cette* terre
negata domibus :	refusée aux habitations (inhabitable) :
amabo Lalagen	j'aimerai *toujours* Lalagé,
ridentem dulce,	qui rit avec-douceur,
loquentem dulce.	qui parle avec-douceur.

CARMEN XXIII.

AD CHLOEN.

Vitas hinnuleo me similis, Chloe,
Quærenti pavidam montibus aviis
　　Matrem, non sine vano
　　Aurarum et siluæ metu.
Nam seu mobilibus veris inhorruit　　　　　　5
Adventus foliis, seu virides rubum
　　Dimovere lacertæ,
　　Et corde et genibus tremit.
Atqui non ego te, tigris ut aspera
Gætulusve leo[1], frangere persequor :　　　　10
　　Tandem desine matrem
　　Tempestiva sequi viro.

ODE XXIII.

A CHLOÉ.

Chloé, tu m'évites, pareille au faon qui, cherchant sa mère inquiète, erre sur les monts escarpés, saisi d'une vague crainte des
vents et de la forêt. Si le mobile feuillage frissonne aux premiers
souffles du printemps, si le vert lézard agite les broussailles, il sent
palpiter son cœur et trembler ses genoux. Et cependant, je ne te
cherche pas, tel qu'un tigre farouche, tel qu'un lion de Gétulie,
pour te déchirer, ô Chloé. Cesse donc de suivre ta mère, ô jeune
fille que l'âge a mûrie pour un amant.

CARMEN XXIII.

AD CHLOEN.

ODE XXIII.

A CHLOÉ.

Chloe, vitas me,
similis hinnuleo
quærenti matrem pavidam
montibus aviis,
non sine metu vano
aurarum et siluæ.
Nam seu adventus
veris
inhorruit
foliis mobilibus,
seu lacertæ virides
dimovere rubum,
tremit
et corde et genibus.
Atqui non ego persequor
te frangere,
ut tigris aspera
leove Gætulus :
desine tandem
sequi matrem
tempestiva viro.

Chloé, tu évites moi,
semblable au faon
qui-cherche *sa* mère éperdue
sur les montagnes impraticables,
non sans une crainte vaine
des vents et de la forêt.
Car soit que l'arrivée (le premier souffle)
du printemps
se soit dressé (ait fait courir un frisson)
dans les feuilles mobiles,
soit-que les lézards verts
aient écarté les ronces,
il tremble
et du cœur et des genoux.
Cependant je ne *te* poursuis pas
pour te déchirer,
comme un tigre farouche
ou un lion de-Gétulie :
cesse enfin
de suivre *ta* mère
toi déjà mûre pour un homme (nubile).

CARMEN XXIV.

AD VIRGILIUM.

Quis desiderio sit pudor aut modus
Tam cari capitis? Præcipe lugubres
Cantus, Melpomene, cui liquidam pater
    Vocem cum cithara dedit.
Ergo Quintilium ' perpetuus sopor   5
Urget! cui Pudor, et Justitiæ soror,
Incorrupta Fides, nudaque Veritas
    Quando ullum inveniet parem?
Multis ille bonis flebilis occidit,
Nulli flebilior quam tibi, Virgili.   10
Tu frustra pius, heu! non ita creditum
    Poscis Quintilium deos.
Quod si Threicio blandius Orpheo
Auditam moderere arboribus fidem,
Non vanæ redeat sanguis imagini,   15
    Quam virga semel horrida,
Non lenis precibus fata recludere,
Nigro compulerit Mercurius gregi.
Durum; sed levius fit patientia,
    Quidquid corrigere est nefas.   20

ODE XXIV.

A VIRGILE.

Peut-on rougir, peut-on cesser de pleurer une tête si chère? In
spire-moi des chants lugubres, ô Melpomène, toi qui reçus de ton
père une lyre et une voix harmonieuse. C'en est donc fait!. Quintilius est enseveli dans un éternel sommeil! Honneur, bonne Foi,
incorruptible sœur de la Justice, Vérité sans fard, quand trouverez-
vous un mortel qui lui ressemble? Il meurt digne d'être pleuré par
tous les gens de bien ; mais aucun ne lui doit plus de larmes que toi,
cher Virgile. Hélas! c'est en vain que ta tendresse redemande aux
dieux un ami qu'ils ne t'avaient pas confié pour toujours. Quand
avec plus de douceur qu'Orphée sur les monts de la Thrace, tu ferais
parler un luth écouté des arbres attentifs, la vie ne ranimerait pas
une ombre vaine, dès qu'une fois Mercure, insensible à la voix qui le
prie de révoquer les destins, l'a poussée, avec sa baguette terrible,
au milieu du noir troupeau. Sort cruel! mais la patience adoucit
les maux qu'on ne saurait guérir.

CARMEN XXIV.

AD VIRGILIUM.

Quis pudor aut modus
sit desiderio
capitis tam cari ?
Præcipe cantus lugubres ,
Melpomene, cui pater
dedit vocem liquidam
cum cithara.
Ergo sopor perpetuus
urget Quintilium ! cui
quando Pudor
et soror Justitiæ ,
Fides incorrupta ,
Veritasque nuda
inveniet ullum parem ?
Ille occidit flebilis
multis bonis ,
flebilior nulli
quam tibi, Virgili.
Tu pius frustra, heu !
poscis deos Quintilium
non creditum
ita.
Quod si moderere
blandius
Orpheo Threicio
fidem auditam arboribus,
sanguis non redeat
imagini vanæ ,
quam virga horrida
Mercurius ,
non lenis
recludere fata
precibus ,
compulerit semel
gregi nigro.
Durum ; sed quidquid
est nefas corrigere
fit levius patientia.

ODE XXIV.

A VIRGILE.

Quelle honte ou *quelle* mesure
serait dans le regret
d'une tête si chère ?
Enseigne-*moi* des chants lugubres ,
Melpomène, *toi* à qui *ton* père
a donné une voix mélodieuse
avec une lyre.
Ainsi donc un sommeil éternel
pèse sur Quintilius ! à qui
quand l'Honneur
et la sœur de la Justice ,
la Bonne-foi incorruptible ,
et la Vérité nue
trouveront-elles aucun *homme* pareil ?
Il est mort digne-d'être-pleuré
par beaucoup de gens-de-bien ,
mais plus digne-d'-être-pleuré par per-
que par toi, Virgile.   [sonne
Toi aimant en vain , hélas !
tu redemandes aux dieux Quintilius
non confié *à toi*
ainsi (pour le garder toujours).
Quand-bien-même tu toucherais
avec-plus-de-douceur
qu'Orphée de-Thrace
une lyre écoutée des arbres ,
le sang ne reviendrait pas
à une ombre vaine ,
que de *sa* baguette terrible
Mercure ,
non facile
à rouvrir les destinées (rendre la vie)
pour des prières (quand on le prie) ,
aurait réunie une fois
à *son* troupeau noir.
Chose pénible ; mais tout ce que
il est impossible de corriger (changer)
devient plus léger par la patience.

CARMEN XXV.

AD LYDIAM.

Parcius junctas quatiunt fenestras
Ictibus crebris juvenes protervi,
Nec tibi somnos adimunt, amatque
　　　Janua limen,
Quæ prius multum facilis movebat　　　　　　5
Cardines. Audis minus et minus jam :
« Me tuo longas pereunte noctes,
　　　Lydia, dormis ! »
Invicem mœchos anus arrogantes
Flebis in solo levis angiportu,　　　　　　10
Thracio bacchante magis sub inter-
　　　lunia vento[1] ;
Quum tibi flagrans amor, et libido,
Quæ solet matres furiare equorum[2],
Sæviet circa jecur ulcerosum,　　　　　　15
　　　Non sine questu,
Læta quod pubes hedera virenti
Gaudeat pulla magis atque myrto,
Aridas frondes hiemis sodali
　　　Dedicet Hebro.　　　　　　20

ODE XXV.

A LYDIE.

Déjà nos jeunes libertins assiégent plus rarement de coups redoublés tes fenêtres closes ; ils cessent de troubler ton sommeil, et ta
porte qui, tournant sur ses gonds, s'ouvrait autrefois si facile, est
maintenant fidèle à son seuil. De jour en jour arrivent moins fréquemment à ton oreille ces mots de désespoir : « Tu dors, ô Lydie,
et moi, moi qui t'adore, je me meurs sous le froid des longues nuits ! »
Bientôt, vieille et sans charmes, on te verra, errant dans nos étroites
rues, sous un ciel où la lune est voilée, et grelottant au souffle du
vent du nord, pleurer, dédaignée à ton tour par les amants. Alors
ton cœur ulcéré brûlera de tous les feux qui allument la fureur des
cavales, et, malheureuse, tu gémiras en voyant la vive et folâtre
jeunesse préférer, pour ses couronnes, le lierre verdoyant au myrte
noir, et jeter les feuilles flétries à l'Hèbre, triste compagnon de
l'hiver.

CARMEN XXV.
AD LYDIAM.

Juvenes protervi
quatiunt parcius
ictibus crebris
fenestras junctas,
nec adimunt tibi somnos,
januaque
amat limen,
quæ prius multum facilis
movebat cardines.
Audis jam minus et minus:
« Lydia, dormis,
me tuo pereunte
longas noctes ! »
Anus
levis in angiportu solo
flebis invicem
mœchos arrogantes,
vento Thracio
bacchante magis
sub interlunia ;
quum amor flagrans,
et libido,
quæ solet furiare
matres equorum,
sæviet tibi
circa jecur ulcerosum,
non sine questu,
quod pubes læta
gaudeat hedera virenti
magis atque myrto pulla,
dedicet frondes aridas
Hebro sodali hiemis.

ODE XXV.
A LYDIE.

Les jeunes libertins
frappent plus rarement
de coups fréquents
tes fenêtres fermées,
et n'ôtent pas à toi le sommeil,
et la porte
aime le seuil (reste attachée au seuil, fer-
elle qui auparavant très-facile   [mée),
mouvait *ses* gonds (roulait sur les gonds).
Tu entends déjà *dire* de moins en moins :
« Lydie, tu dors,
moi tien (qui t'aime) périssant de *froid*
pendant de longues nuits ! »
Devenue vieille-femme
errante dans une rue déserte
tu pleureras à-ton-tour
les amants dédaigneux,
le vent de Thrace (Borée)
sévissant davantage
pendant les absences-de-lune ;
lorsque l'amour brûlant,
et la passion,
qui a-coutume de mettre-en-fureur
les mères des chevaux,
sévira à (en) toi
autour de *ton* foie (cœur) ulcéré,
non sans plainte (te plaignant),
de ce que la jeunesse joyeuse
se réjouit du lierre verdoyant
plutôt que du myrte noirâtre,
et livre les feuilles sèches
à l'Hèbre compagnon de l'hiver.

CARMEN XXVI.

ÆLIUS LAMIA.

Musis amicus tristitiam et metus
  Tradam protervis[1] in mare Creticum
    Portare ventis, quis sub Arcto
      Rex gelidæ metuatur oræ,
Quid Tiridaten[2] terreat, unice   5
  Securus. O, quæ fontibus integris
    Gaudes, apricos[3] necte flores,
      Necte meo Lamiæ coronam,
Pimplea dulcis! Nil sine te mei
  Prosunt honores; hunc fidibus novis,   10
    Hunc Lesbio sacrare plectro[4]
      Teque tuasque decet sorores.

ODE XXVI.

ÉLIUS LAMIA.

Ami des Muses, j'abandonne aux caprices des vents la tristesse et les craintes ; qu'ils les emportent sur les flots de la Crète. Quel roi se fait redouter dans les régions glacées de l'Ourse ; d'où naît l'effroi de Tiridate? voilà des sujets qui me laissent bien tranquille. Toi qui aimes les sources vierges encore, douce fille du mont Pimplée, ô Muse, viens cueillir les fleurs aimées du soleil, et tresse une couronne pour mon cher Lamia. Sans toi que peuvent mes hommages ? C'est à toi, c'est à tes sœurs de saisir la lyre de Lesbos et de le célébrer par des accords nouveaux.

CARMEN XXVI.

ÆLIUS LAMIA.

Amicus musis,
tradam ventis protervis
tristitiam et metus
portare
in mare Creticum,
securus unice
quis rex oræ gelidæ
metuatur sub Arcto,
quid terreat Tiridaten.
O dulcis Pimplea,
quæ gaudes
fontibus integris,
necte flores apricos,
necte coronam meo Lamiæ!
Sine te mei honores
prosunt nil;
decet teque tuasque sorores
sacrare hunc
fidibus novis,
hunc
plectro Lesbio.

ODE XXVI.

ÆLIUS LAMIA.

Ami des muses,
je livrerai (livre) aux vents capricieux
la tristesse et la crainte
à porter (pour les emporter)
dans la mer de-la-Crète,
tranquille tout-à-fait (m'inquiétant peu)
quel roi d'une contrée froide
est craint sous l'Ourse,
et quelle chose épouvante Tiridate.
O douce (chère) habitante-du-Pimplée,
toi qui aimes
les sources pures,
tresse des fleurs favorisées-du-soleil,
tresse une couronne pour mon Lamia!
Sans toi mes hommages
ne servent de rien :
il convient et à toi et à tes sœurs
de consacrer (immortaliser) lui
par des accords nouveaux,
d'immortaliser lui
avec l'archet de-Lesbos.

CARMEN XXVII.

AD SODALES.

Natis in usum lætitiæ scyphis
Pugnare Thracum est[1] : tollite barbarum
  Morem, verecundumque Bacchum
  Sanguineis prohibete rixis.
Vino et lucernis Medus acinaces   5
  Immane quantum[2] discrepat! Impium
  Lenite clamorem, sodales,
  Et cubito remanete presso.
Vultis severi me quoque sumere
Partem Falerni? dicat Opuntiæ   10
  Frater Megillæ, quo beatus
  Vulnere, qua pereat sagitta.
Cessat voluntas? Non alia bibam
Mercede. Quæ te cumque domat Venus,
  Non erubescendis adurit   15

ODE XXVII.

A SES AMIS.

Les coupes consacrées à la joie ne sont une arme de fureur qu'entre les mains des Thraces. Loin de nous ces mœurs barbares ! que des libations modérées nous préservent de ces sanglantes querelles dont rougirait Bacchus. Le cimeterre du Mède au milieu des flacons et des flambeaux, quel horrible contraste ! Mes amis, étouffez vos clameurs sacriléges, et demeurez le coude sur la table. Voulez-vous que je prenne ma part de ce rude Falerne ? Eh bien ! que le frère de Mégille d'Oponte me dise d'où est parti le trait mortel dont il chérit la blessure. Hésite-t-il? Je ne bois pourtant qu'à ce prix. Quelle que soit la beauté qui t'enflamme, tu n'as sans doute pas à rougir de l'objet

CARMEN XXVII.

AD SODALES.

Est Thracum
pugnare scyphis
natis
in usum lætitiæ :
tollite morem barbarum,
prohibeteque
rixis sanguineis
Bacchum verecundum.
Quantum immane
acinaces Medus
discrepat vino et lucernis !
Sodales ,
lenite clamorem impium ,
et remanete
cubito presso.
Vultis
me sumere quoque
partem Falerni severi ?
frater Megillæ Opuntiæ
dicat quo vulnere
beatus ,
qua sagitta pereat.
Voluntas cessat ?
Non bibam alia mercede.
Quæcumque Venus
domat te,
non adurit

ODE XXVII.

A SES AMIS.

C'est *une coutume* des Thraces
de combattre avec des coupes
nées (faites)
pour l'usage de la joie :
retranchez *cette* coutume barbare,
et écartez
de rixes sanglantes
Bacchus (un vin) modéré.
Combien prodigieusement
le cimeterre du-Mède
est déplacé avec le vin et les flambeaux !
Amis,
apaisez *ces* cris impies,
et restez
le coude appuyé *sur le lit de table.*
Voulez-vous
moi prendre (que je prenne) aussi
ma part de *ce* Falerne âpre ?
que le frère de Mégilla d'-Oponte
me dise par quelle blessure
il est heureux,
de quel trait il meurt.
Sa volonté tarde-t-elle (hésite-t-il) ?
Je ne boirai pas à une autre condition.
Quelle que soit la passion qui
dompte toi,
elle ne *t*'enflamme pas

Ignibus, ingenuoque semper
Amore peccas. Quidquid habes, age,
Depone tutis auribus. Ah! miser,
     Quanta laborabas Charybdi,
Digne puer meliore flamma!   20
Quæ saga, quis te solvere Thessalis
Magus venenis, quis poterit deus?
     Vix illigatum te triformi
Pegasus[3] expediet Chimæra.

de tes feux : tu ne cèdes jamais qu'à un amour honnête. Allons, dépose ton secret dans une oreille fidèle... Ah! malheureux! dans quel
gouffre as-tu plongé ce cœur digne d'un plus beau nœud! Quelle magicienne, quel enchanteur armé de tous les philtres de la Thessalie,
quel dieu brisera tes fers? Pégase lui-même pourrait à peine t'arra-
cher des griffes de la Chimère au triple corps qui te tient enchaîné.

ignibus erubescendis ,	par des feux dont-il-faille-rougir ,
peccasque semper	et tu pèches toujours
amore ingenuo.	par un amour honnête.
Age, quidquid habes,	Allons , tout-ce-que tu as (tes secrets),
depone	dépose-*la*
auribus tutis.	dans des oreilles sûres (discrètes).
Ah! miser,	Ah! malheureux,
quanta Charybdi	dans quelle Charybde (quel gouffre)
laborabas,	tu te débattais,
puer digne	enfant digne
flamma meliore !	d'une flamme meilleure (plus belle)!
Quæ saga , quis magus	Quelle magicienne , quel enchanteur
venenis Thessalis ,	avec les philtres de-la-Thessalie ,
quis deus poterit solvere te?	quel dieu pourra délivrer toi?
Pegasus expediet vix te	Pégase dégagera à peine toi
illigatum Chimæra	enlacé par *cette* Chimère
triformi.	aux-trois-corps

CARMEN XXVIII.

ARCHYTAS.

NAUTA.

Te maris et terræ numeroque carentis arenæ
    Mensorem cohibent, Archyta[1],
Pulveris exigui prope littus parva Matinum[2]
    Munera, nec quidquam tibi prodest
Aerias tentasse dómos, animoque rotundum   5
    Percurrisse polum, morituro.

ARCHYTAS.

Occidit et Pelopis genitor, conviva deorum,
    Tithonusque remotus in auras,
Et Jovis arcanis Minos admissus, habentque
    Tartara Panthoiden[3], iterum Orco   10
Demissum, quamvis clypeo Trojana refixo
    Tempora testatus, nihil ultra
Nervos atque cutem morti concesserat atræ,
    Judice te, non sordidus auctor

ODE XXVIII.

ARCHYTAS.

LE MATELOT.

Toi qui mesurais la terre et les mers, qui calculais les grains
innombrables de sable, ô Archytas, ton ombre retenue près du rivage
de Matinum réclame le bienfait d'un peu de poussière. Que te sert
d'avoir pénétré dans les célestes demeures, d'avoir parcouru, de l'œil
de la pensée, la sphère du monde ? tu devais mourir.

ARCHYTAS.

Il est mort aussi, le père de Pélops, le convive des dieux, et
Tithon enlevé dans les airs, et Minos admis aux conseils de Jupiter.
Le Tartare renferme le fils de Panthoüs, descendu une seconde fois
aux enfers. En vain son bouclier détaché du temple attestait que le
guerrier Troyen n'avait cédé que son corps au trépas : il est mort, cet
homme que tu regardes comme un ingénieux interprète de la nature

CARM. XXVIII.

ARCHYTAS.

NAUTA.

Parva munera
exigui pulveris
cohibent te, Archyta,
prope littus Matinum
mensorem maris et terræ
arenæque
carentis numero,
nec prodest quidquam tibi
tentasse domos
aerias
percurrisseque animo
polum rotundum,
morituro.

ARCHYTAS.

Occidit
et genitor Pelopis,
conviva deorum,
Tithonusque
remotus in auras,
et Minos
admissus arcanis Jovis,
Tartaraque habent
Panthoiden
demissum iterum Orco,
quamvis testatus
clypeo refixo
tempora Trojana,
concesserat nihil atræ morti
ultra
nervos atque cutem,
te judice,
non sordidus auctor

ODE XXVIII.

ARCHYTAS.

LE MATELOT.

Le petit bienfait   [corps
d'un-peu-de poussière *qui manque à ton*
retient toi, Archytas,
auprès du rivage de-Matinum
toi qui-mesurais la mer et la terre
et les grains-de-sable
manquant de nombre (innombrables),
et il ne sert en rien à toi
d'avoir sondé les demeures
aériennes (célestes)
et d'avoir parcouru avec *ton* esprit
le pôle arrondi *du monde*,
à *toi* devant-mourir.

ARCHYTAS.

Il est mort *aussi*
et le père de Pélops,
convive des dieux,
et Tithon
enlevé dans les airs,
et Minos
admis aux secrets de Jupiter,
et le Tartare a (renferme)
le-fils-de-Panthoüs
descendu une-seconde-fois à l'Orcus,
quoique attestant
par son bouclier détaché *des trophées*
qu'il avait vu les temps de-Troie,
il n'eût rien abandonné au noir trépas
hormis
ses nerfs et *sa* peau (son corps),
lui qui, toi *étant* juge (à ton jugement),
n'était pas un méprisable interprète

Naturæ verique. Sed omnes una manet nox,   15
　　Et calcanda semel via leti.

Dant alios Furiæ torvo spectacula Marti;
　　Exitio est avidum mare nautis;

Mixta senum ac juvenum densentur funera, nullum
　　Sæva caput Proserpina fugit.   20

Me quoque devexi rapidus comes Orionis
　　Illyricis[4] Notus obruit undis.

At tu, nauta, vagæ ne parce malignus arenæ
　　Ossibus et capiti inhumato

Particulam dare. Sic, quodcumque minabitur Eurus   25
　　Fluctibus Hesperiis[5], Venusinæ[6]

Plectantur silvæ, te sospite, multaque merces.
　　Unde potest, tibi defluat æquo

Ab Jove Neptunoque sacri custode Tarenti.

et de la vérité. La même nuit nous attend tous, tous, nous devons
fouler une fois le chemin de la mort. Le guerrier expirant est un
spectacle offert par les Furies au dieu des combats ; le nautonnier
trouve sa fin dans l'avide Océan. Les funérailles de la vieillesse et de
l'enfance se pressent et se confondent ; nulle tête n'échappe à l'impi-
toyable Proserpine. Moi-même, je viens d'être englouti dans les ondes
d'Illyrie par la fureur du Notus, qui toujours accompagne l'Orion
à son coucher. Nocher, ne sois pas assez cruel pour refuser à ces os,
à cette tête sans sépulture, une poignée de ce sable mouvant. Puissent, pour un tel bienfait, toutes les menaces de l'Eurus contre les
flots de l'Hespérie éclater sur les forêts de Venouse, et respecter ta
vie ! Puisse Jupiter, juste rémunérateur, et Neptune, gardien des
murs sacrés de Tarente, faire pleuvoir sur toi tous les biens ! Oserais-

naturæ verique.	de la nature et de la vérité.
Sed una nox	Mais une-même nuit
manet omnes,	attend nous *tous*,
et via leti	et le chemin de la mort
calcanda semel.	*est* devant-être-foulé une-fois *par nous*.
Furiæ dant alios	Les Furies donnent les uns
spectacula torvo Marti ;	*comme* spectacle au farouche Mars ;
mare avidum	la mer avide [tit);
est exitio nautis ;	est à-ruine aux nautonniers (les englou-
funera senum	les funérailles des vieillards
ac juvenum	et des jeunes-gens,
densentur mixta,	s'accumulent étant-mêlées,
sæva Proserpina	la cruelle Proserpine
fugit nullum caput.	n'évite (ne laisse échapper) aucune tête.
Notus	Le vent-du-midi
rapidus comes	impétueux compagnon
Orionis devexi	d'Orion à-son-coucher
obruit me quoque	a englouti moi aussi
undis Illyricis.	dans les flots d'Illyrie.
At tu, nauta,	Mais toi, nautonnier,
ne parce malignus	ne refuse pas cruel (avec cruauté)
dare ossibus	de donner à *mes* os
et capiti inhumato	et à *ma* tête sans-sépulture
particulam arenæ	une petite-partie de *ce* sable
vagæ.	dispersé *par le vent*.
Sic silvæ Venusiæ	Qu'ainsi les forêts de-Venouse
plectantur,	soient battues,
te sospite,	toi étant-sain-et-sauf,
quodcumque	de tout-ce-que (toutes les tempêtes dont)
Eurus minabitur fluctibus	l'Eurus menacera les flots
Hesperiis,	d'-Hespérie,
multaque merces	et qu'un grand gain
defluat tibi	découle (vienne à toi)
ab Jove æquo,	de Jupiter favorable,
unde potest,	d'où (de qui) il peut *venir*,
Neptunoque	et de Neptune
custode sacri Tarenti.	gardien de la *ville* sacrée *de* Tarente.

Negligis immeritis nocituram   30
Postmodo te natis fraudem committere? Fors et
Debita jura vicesque superbæ
Te maneant ipsum : precibus non linquar inultis
Teque piacula nulla resolvent.
Quanquam festinas, non est mora longa; licebit   35
Injecto ter pulvere curras.

tu commettre un sacrilége qu'expieraient un jour tes neveux innocents ? Peut-être subiras-tu toi-même un châtiment mérité et de
pareils mépris. Non, si tu m'abandonnes, mes imprécations ne seront
pas sans effet : nul sacrifice ne rachètera ton crime. Quelque pressé
que tu sois, il ne te faut pas beaucoup de temps. Jette trois fois sur
mon corps un peu de poussière, et vogue ensuite à ton gré.

Negligis — Te soucies-tu-peu [une faute
te committere fraudem — toi commettre (de ce que tu commettes)
nocituram postmodo — devant nuire un jour
natis immeritis ? — à tes enfants innocents ?
Fors et — Peut-être qu'aussi
jura debita — une justice (peine) qui-t'est-due
vicesque superbæ — et un retour de fortune superbe (rigoureux)
maneant te ipsum : — attendent toi-même :
non linquar — je ne serai pas abandonné
precibus inultis , — mes prières étant-non-vengées ,
nullaque piacula — et aucune expiation
resolvent te. — ne rachètera toi.
Quanquam festinas , — Quoique tu te hâtes (tu sois pressé),
mora non est longa ; — le retard n'est pas long ;
licebit — il sera permis
curras , — que tu coures (vogues),
pulvere injecto ter. — de la poussière ayant-été-jetée trois fois.

CARMEN XXIX.

AD ICCIUM.

Icci [1], beatis nunc Arabum invides
Gazis, et acrem militiam paras
   Non ante devictis Sabææ [2]
   Regibus, horribilique Medo
Nectis catenas! Quæ tibi virginum,   5
Sponso necato, barbara serviet?
   Puer quis ex aula capillis
   Ad cyathum statuetur unctis,
Doctus sagittas tendere Sericas
Arcu paterno? Quis neget arduis   10
   Pronos relabi posse rivos
   Montibus, et Tiberim reverti,
Quum tu coemtos undique nobilis
Libros Panæti [3], Socraticam et domum
   Mutare loricis Hiberis [4],   15
   Pollicitus meliora, tendis?

ODE XXIX.

A ICCIUS.

Iccius, les riches trésors de l'Arabie sont donc maintenant l'objet
de ton envie? tu prépares une guerre cruelle aux rois invaincus de
Saba, et tu forges des chaînes au Mède farouche. Quelle est la jeune
barbare qui, pleurant son amant immolé, deviendra ton esclave?
Quel est le jeune prince, habile à lancer la flèche des Sères sur
l'arc paternel, que tu choisiras dans la cour des vaincus pour venir,
les cheveux parfumés d'essences, te présenter la coupe? Qui niera
désormais que les ruisseaux descendus des montagnes ne puissent
remonter à leur cime et le Tibre retourner à sa source, quand, après
avoir rassemblé de toutes parts les nobles écrits de Panétius et des
disciples de Socrate, tu veux les échanger aujourd'hui contre la cuirasse Ibérienne, et démentir ainsi de plus hautes espérances?

CARMEN XXIX.

AD ICCIUM.

Icci, invides nunc
beatis gazis Arabum,
et paras militiam acrem
regibus Sabææ
non devictis ante,
nectisque catenas
Medo horribili !
Quæ barbara
virginum,
sponso necato ,
serviet tibi ?
Quis puer ex aula
doctus tendere
sagittas Sericas
arcu paterno
statuetur
ad cyathum
capillis unctis ?
Quis neget rivos
pronos montibus arduis
posse relabi,
et Tiberim reverti,
quum tu,
pollicitus meliora,
tendis
mutare loricis Hiberis
libros nobilis Panæti
coemtos undique,
et domum Socraticam ?

ODE XXIX.

A ICCIUS.

Iccius , tu envies *donc* maintenant
les riches trésors des Arabes,
et tu prépares une guerre cruelle
aux rois de Saba
non vaincus auparavant,
et tu entrelaces des chaînes
pour le Mède farouche!
Quelle *vierge* barbare
d'entre les vierges *barbares*,
son fiancé étant tué,
sera-l'esclave de toi ?
Quel enfant *tiré* de la cour *des vaincus*
habile à tendre
les flèches des-Sères
sur l'arc paternel
sera placé (se tiendra)
auprès de *ta* coupe
ses cheveux étant-parfumés ?
Qui niera les ruisseaux
descendant des montagnes escarpées
pouvoir remonter *à la cime,*
et le Tibre retourner *vers sa source,*
lorsque toi,
ayant promis de meilleures choses,
tu tends (tu aspires)
à échanger contre des cuirasses d'-Ibérie
les écrits du noble Panétius
achetés de-tous-côtés,
et *les écrits de* la secte de-Socrate ?

CARMEN XXX.

AD VENEREM.

O Venus, regina Cnidi Paphique [1],
Sperne dilectam Cypron, et vocantis
Ture te multo Glyceræ decoram
    Transfer in ædem.
Fervidus tecum puer, et solutis   5
Gratiæ zonis, properentque Nymphæ,
Et parum comis sine te Juventas,
    Mercuriusque.

ODE XXX.

A VÉNUS.

Reine de Gnide et de Paphos, ô Vénus, abandonne ton île favorite, et viens dans la riante demeure de Glycère où t'appellent des flots d'encens. Que sur tes pas se pressent l'enfant aux traits de feu, les Grâces libres de leur ceinture, les Nymphes, Mercure, et la Jeunesse qui sans toi n'a pas de charmes.

CARMEN XXX.

AD VENEREM.

O Venus,
regina Cnidi Paphique,
sperne Cypron dilectam,
et transfer te
in ædem decoram
Glyceræ vocantis
ture multo.
Tecum properent
puer fervidus,
et Gratiæ zonis solutis,
Nymphæque, et Juventas
parum comis sine te,
Mercuriusque.

ODE XXX.

A VÉNUS.

O Vénus,
reine de Gnide et de Paphos,
méprise (quitte) *ta* Cypre chérie,
et transporte-toi
dans la demeure brillante
de Glycère qui *t'*appelle
par un encens abondant.
Qu'avec toi s'empressent *de venir*
l'enfant (l'Amour) brûlant,
et les Grâces aux ceintures déliées,
et les Nymphes, et la Jeunesse
peu affable (peu aimable) sans toi,
et Mercure.

CARMEN XXXI.

AD APOLLINEM.

Quid dedicatum poscit Apollinem [1]
Vates? quid orat de patera novum
   Fundens liquorem? Non opimæ
   Sardiniæ segetes feraces [2],
Non æstuosæ grata Calabriæ   5
Armenta, non aurum, aut ebur Indicum,
   Non rura, quæ Liris [3] quieta
   Mordet aqua, taciturnus amnis.
Premant Calena falce quibus dedit
Fortuna vitem; dives et aureis   10
   Mercator exsiccet culullis
   Vina Syra reparata merce,
Dis carus ipsis, quippe ter et quater
Anno revisens æquor Atlanticum

ODE XXXI.

A APOLLON.

Quels vœux le poëte adresse-t-il à Apollon, le jour qu'on lui consacre un nouveau temple? Quels biens lui demande-t-il en épanchant de sa coupe les prémices du vin ? Ce ne sont pas les riches moissons de la fertile Sardaigne, ni les superbes troupeaux de la brûlante Calabre, ni l'or ni l'ivoire de l'Inde, ni les campagnes que le Liris mine sourdement de son onde paisible. Qu'armés de la faucille ils taillent leur vigne, ceux à qui la fortune a donné les coteaux de Calès ; qu'il épuise dans ses coupes d'or les vins échangés contre les parfums de la Syrie, le riche marchand protégé des dieux : chaque année il revoit impunément trois et quatre fois l'Atlantique. Pour

CARMEN XXXI.
AD APOLLINEM.

Quid poscit vates
Apollinem dedicatum?
quid orat
fundens de patera
liquorem novum?
Non segetes feraces
Sardiniæ opimæ,
non grata armenta
æstuosæ Calabriæ,
non aurum,
aut ebur Indicum,
non rura,
quæ Liris,
amnis taciturnus,
mordet aqua quieta.
Premant vitem
falce Calena,
quibus fortuna dedit;
et dives mercator
exsiccet
culullis aureis
vina reparata
merce Syra,
carus dis ipsis,
quippe revisens
impune
æquor Atlanticum
ter et quater anno.

ODE XXXI.
A APOLLON.

Que demande le poëte
à Apollon dédié (honoré d'un nouveau
que sollicite-t-il   [temple)?
en répandant de *sa* coupe
un vin nouveau?   [ches)
Il ne *demande* pas les moissons fertiles (ri-
de la Sardaigne féconde,
ni les agréables troupeaux
de la brûlante Calabre,
ni l'or,
ou l'ivoire des-Indes,
ni les campagnes,
que le Liris,
fleuve silencieux,
ronge de *son* eau tranquille.
Qu'ils taillent la vigne
avec la faucille de-Calès,
ceux à qui la fortune a donné *des vignes;*
et que le riche marchand
mette-à-sec (vide)
dans des coupes d'-or
les vins échangés
contre les produits de-Syrie,
cher aux dieux mêmes,
en tant que revoyant (car il revoit)
impunément
la mer Atlantique
trois et quatre-fois *chaque* année.

Impune. Me pascunt olivæ,   15
Me cichorea levesque malvæ.
Frui paratis, et valido mihi,
 Latoe, dones, et precor integra
   Cum mente nec turpem senectam
 Degere nec cithara carentem.   20

moi, je vis d'olives, de chicorée et de mauves légères. Fils de Latone, laisse-moi, je t'en conjure, jouir du peu que je possède; fais
que, toujours sain et de corps et d'esprit, je vieillisse sans ternir ma
gloire, sans déposer ma lyre.

Olivæ pascunt me,	Les olives servent-de-nourriture à moi,
cichorea me,	la chicorée *sert-de nourriture* à moi,
malvæque leves.	et (ainsi que) la mauve légère.
Latoe, precor,	Fils-de-Latone, je *t'*en prie,
dones mihi et valido,	accorde à moi et me-portant-bien,
et cum mente integra,	et avec (ayant) un esprit sain,
frui paratis,	*accorde-moi* de jouir des *biens* acquis,
nec degere senectam turpem	et de ne pas mener une vieillesse honteuse
nec carentem	ni dépourvue de (forcée de renoncer à)
cithara.	la lyre.

CARMEN XXXII.

AD LYRAM.

Poscimur. Si quid vacui sub umbra
Lusimus tecum, quod et hunc in annum
Vivat et plures, age, dic Latinum,
　　　　Barbite, carmen,
Lesbio primum modulate civi[1];　　　　　　　　　　5
Qui ferox bello, tamen inter arma,
Sive jactatam religarat udo
　　　　Littore navim,
Liberum et Musas, Veneremque et illi
Semper hærentem puerum canebat,　　　　　　　　10
Et Lycum nigris oculis, nigroque
　　　　Crine decorum.
O decus Phœbi, et dapibus supremi
Grata testudo Jovis, o laborum
Dulce lenimen, mihi cumque salve　　　　　　　　15
　　　　Rite vocanti!

ODE XXXII.

A SA LYRE.

On veut que nous chantions, ô ma lyre! Si, dans mes loisirs, en me jouant sous l'ombrage avec toi, je modulai des airs dignes de vivre cette année et quelques autres encore, allons, fais entendre des chants Latins, toi qu'anima le premier sous ses doigts ce poëte guerrier de Lesbos qui, soit au milieu des armes, soit lorsqu'il attachait à l'humide rivage son esquif battu de la tempête, chantait Bacchus, les Muses, Vénus et l'enfant qui toujours l'accompagne, et le beau Lycus aux yeux noirs, à la noire chevelure. Gloire d'Apollon, délices des banquets du tout-puissant Jupiter, doux charme de mes peines; ô lyre, sois-moi favorable chaque fois que t'appellent mes vœux et mes hommages.

CARMEN XXXII.

AD LYRAM.

Poscimur.
Si vacui lusimus tecum
sub umbra
quid, quod vivat
et in hunc annum
et plures,
age, dic carmen Latinum,
barbite, modulate primum
civi Lesbio;
qui ferox bello,
tamen inter arma,
sive religarat
littore udo
navim jactatam,
canebat Liberum,
et Musas, Veneremque,
et puerum
hærentem semper illi,
et Lycum decorum
oculis nigris,
crineque nigro.
O testudo, decus Phœbi,
et grata
dapibus supremi Jovis,
o dulce lenimen laborum,
salve
cumque
mihi vocanti rite.

ODE XXXII.

A SA LYRE.

Nous sommes invités à *chanter*.
Si oisifs nous avons modulé avec toi
sous l'ombrage
quelque chose, qui puisse vivre
et pendant cette année
et *pendant* plusieurs *autres*,
allons, fais-entendre un chant Latin,
ô lyre, touchée la-première-fois
par le citoyen de-Lesbos;
qui intrépide dans la guerre,
cependant *soit* au milieu des armes,
soit *lorsqu'*il avait attaché
au rivage humide
son vaisseau battu *par la tempête*,
chantait Bacchus,
et les Muses, et Vénus,
et l'enfant
qui s'attache toujours à elle,
et Lycus beau
par *ses* yeux noirs,
et par *sa* chevelure noire.
O lyre, *toi qui es* la gloire de Phébus,
et *qui es* agréable
dans les festins du grand Jupiter,
ô douce consolation des peines,
salut (sois prête)
en-toutes-circonstances
pour moi *t'*invoquant selon-les-règles

CARMEN XXXIII.

AD ALBIUM TIBULLUM.

Albi[1], ne doleas plus nimio memor
Immitis Glyceræ, neu miserabiles
Decantes elegos, cur tibi junior
    Læsa præniteat fide.
Insignem tenui fronte[2] Lycorida   5
Cyri[3] torret amor; Cyrus in asperam
Declinat Pholoen; sed prius Apulis
    Jungentur capreæ lupis,
Quam turpi Pholoe peccet adultero.
Sic visum Veneri, cui placet impares   10
Formas atque animos sub juga ahenea
    Sævo mittere cum joco.
Ipsum me melior quum peteret Venus,
Grata detinuit compede Myrtale
Libertina, fretis acrior Hadriæ[4]   15
    Curvantis Calabros sinus.

ODE XXXIII.

A ALBIUS TIBULLE.

Trop fidèle au souvenir de la cruelle Glycère, ne pleure pas, Albius, et cesse de soupirer de plaintives élégies parce que, en faveur d'un amant plus jeune et plus beau que toi, elle a trahi la foi jurée. Lycoris, au front charmant, brûle pour Cyrus, et Cyrus la dédaigne et s'attache à l'intraitable Pholoé; mais on verra les chèvres s'unir aux loups d'Apulie avant que cet indigne amant triomphe de Pholoé. Ainsi l'a voulu Vénus, qui se fait un jeu cruel de réunir au même joug d'airain les âmes, les natures les plus diverses. Moi-même, tandis que de nobles amours sollicitaient mon cœur, Myrtale, une affranchie, m'a retenu dans ses chaînes aimées; Myrtale, plus intraitable que les flots de l'Adriatique qui creusent les golfes de la Calabre.

CARM. XXXIII.

AD ALBIUM
TIBULLUM.

Albi,
ne doleas
memor plus nimio
immitis Glyceræ,
neu decantes
miserabiles elegos,
cur junior
præniteat tibi
fide læsa.
Amor Cyri
torret Lycorida
insignem fronte tenui ;
Cyrus declinat
in asperam Pholoen ;
sed capreæ jungentur
lupis Apulis
priusquam Pholoe
peccet
turpi adultero.
Sic visum Veneri,
cui placet mittere
cum joco sævo
sub juga ahenea
formas impares
atque animos.
Quum Venus melior
peteret me ipsum,
libertina, Myrtale,
detinuit compede grata,
acrior
fretis Hadriæ
curvantis
sinus Calabros.

ODE XXXIII.

A ALBIUS
TIBULLE.

Albius,
ne t'afflige pas   [faut)
te-souvenant plus que trop (plus qu'il ne
de la cruelle Glycère,
ou (et) ne répète pas
de plaintives élégies,
parce qu'un plus-jeune
brille plus (est trouvé plus beau) que toi
la foi *qu'on t'avait donnée* ayant été violée
L'amour de (pour) Cyrus
brûle Lycoris
remarquable par *son* front étroit;
Cyrus penche
vers la cruelle Pholoé;
mais les chèvres s'uniront
aux loups d'-Apulie
avant que Pholoé
pèche (se déshonore)
par un honteux amant.
Ainsi il a plu à Vénus ,
à laquelle il plaît d'envoyer
avec un jeu cruel (en se jouant)
sous un joug d'-airain,
des beautés inégales
et des inclinations *inégales*.
Lorsqu'une Vénus (amante) préférable
appelait moi-même,
une affranchie, Myrtale,
a retenu *moi* par des chaînes chéries,
Myrtale plus irritable
que les flots de l'Adriatique
qui courbe (forme en courbe, creuse)
les golfes de-Calabre.

CARMEN XXXIV.

AD DEORUM CULTUM REDITUS.

Parcus deorum cultor et infrequens,
Insanientis dum sapientiæ,
    Consultus[1] erro, nunc retrorsum
    Vela dare atque iterare cursus
Cogor relictos : namque Diespiter,   5
Igni corusco nubila dividens
    Plerumque, per purum tonantes
    Egit equos volucremque currum ;
Quo bruta tellus et vaga flumina,
Quo Styx et invisi horrida Tænari   10
    Sedes Atlanteusque finis[2]
    Concutitur. Valet ima summis
Mutare, et insignem attenuat deus,
Obscura promens ; hinc apicem rapax
    Fortuna cum stridore acuto   15
    Sustulit, hic posuisse gaudet.

ODE XXXIV.

RETOUR AU CULTE DES DIEUX.

Négligent adorateur des dieux, et trop avare de mon encens, je m'égarais dans les voies d'une folle sagesse, mais aujourd'hui je suis forcé de tourner ma voile en arrière et de reprendre la route que j'avais abandonnée ; car Jupiter, qui de ses feux étincelants entr'ouvre souvent les nues, a poussé dans un ciel serein ses chevaux tonnants et son char ailé. Au bruit de sa marche, la masse de la terre, les fleuves errants, le Styx et l'horrible séjour de l'odieux Ténare, et l'Atlas, borne du monde, tout s'ébranle. Oui, ce dieu peut, changeant tout à son gré, nous porter de l'abîme au faîte, éclipser ce qui brille et faire briller ce qui était dans l'obscurité. La Fortune, rapide ravisseur, se précipitant à grand bruit d'ailes, enlève d'ici une couronne et la dépose en riant sur un autre front.

CARM. XXXIV.

REDITUS
AD CULTUM DEORUM.

ODE XXXIV.

RETOUR
AU CULTE DES DIEUX.

Cultor parcus
et infrequens deorum,
dum erro
consultus
insanientis sapientiæ,
nunc cogor
dare vela
retrorsum,
atque iterare
cursus relictos :
namque Diespiter,
dividens plerumque nubila
igni corusco,
egit per purum
equos tonantes
currumque volucrem ;
quo tellus bruta
concutitur,
et flumina vaga,
quo Styx,
et sedes horrida
invisi Tænari
finisque Atlanteus.
Deus valet mutare
ima
summis ;
et attenuat insignem
promens obscura ;
fortuna rapax
sustulit hinc apicem
cum stridore acuto,
gaudet posuisse hic.

Adorateur négligent
et rare des dieux,
tandis que je m'égare (je m'égarais)
imbu
d'une folle sagesse,
maintenant je-suis-forcé
de donner *mes* voiles (faire voile)
en-arrière,
et de reprendre
la route abandonnée *par moï* :
car le-père-du-jour (Jupiter),
séparant presque-toujours les nuages
de *son* feu brillant,
a poussé à travers un *ciel* pur
ses chevaux tonnants
et *son* char ailé ;
par lequel *char* la terre pesante
est ébranlée,
et (ainsi que) les fleuves errants,
par lequel le Styx *est ébranlé*
et (ainsi que) le séjour horrible
de l'odieux Ténare   [monde).
et la limite de-l'Atlas (l'Atlas, limite du
Dieu (Jupiter) peut changer
les plus petites choses
en les plus grandes,
et il abaisse l'*homme* puissant
en élevant ce qui-est-obscur ;
la fortune qui-saisit-rapidement
a enlevé de là une couronne
avec un bruit sifflant *de ses ailes*,
et se réjouit de l'avoir placée ici.

CARMEN XXXV.

AD FORTUNAM.

O Diva, gratum quæ regis Antium [1],
Præsens vel imo tollere de gradu
    Mortale corpus, vel superbos
    Vertere funeribus triumphos,
Te pauper ambit sollicita prece   5
Ruris colonus, te dominam æquoris,
    Quicumque Bithyna [2] lacessit
    Carpathium [3] pelagus carina.
Te Dacus asper, te profugi Scythæ,
Urbesque, gentesque, et Latium ferox,   10
    Regumque matres barbarorum et
    Purpurei metuunt tyranni,
Injurioso ne pede proruas
Stantem columnam, neu populus frequens
    Ad arma cessantes, ad arma   15
    Concitet, imperiumque frangat.
Te semper anteit sæva Necessitas,
Clavos trabales et cuneos manu
    Gestans ahena, nec severus
    Uncus abest liquidumque plumbum.   20

ODE XXXV.

A LA FORTUNE.

Déesse qui règnes sur le riant Antium, toi qui peux élever subitement au faîte des grandeurs le plus obscur des mortels ou changer en pompe funèbre un orgueilleux triomphe, c'est toi que l'indigent laboureur poursuit d'une ardente prière; c'est toi qu'implore, comme souveraine des ondes, le nautonnier qui, sur un vaisseau de Bithynie, fatigue la mer de Carpathos; c'est toi que redoutent le Dace farouche, le Scythe vagabond, les villes, les peuples, et le fier Latium, et les mères des rois barbares, et les tyrans sous la pourpre, toujours tremblants que d'un pied injurieux tu ne renverses l'édifice de leur puissance et qu'un peuple tumultueux ne crie aux armes, n'appelle aux armes de paisibles citoyens, et ne brise leur couronne. Devant toi marche toujours l'inexorable Nécessité; sa main d'airain porte les énormes clous, les coins de la torture, les crocs terribles,

CARMEN XXXV.

AD FORTUNAM.

O Diva, quæ regis
gratum Antium,
præsens vel tollere
de gradu imo
corpus mortale,
vel vertere funeribus
triumphos superbos,
pauper colonus ruris
ambit te
prece sollicita,
quicumque lacessit
pelagus Carpathium,
carina Bithyna
te dominam æquoris.
Te Dacus asper,
te Scythæ profugi
metuunt,
urbesque, gentesque,
et Latium ferox,
matresque
regum barbarorum,
et tyranni purpurei,
ne proruas
pede injurioso
columnam stantem,
neu populus frequens
concitet ad arma, ad arma,
cessantes,
frangatque imperium.
Semper anteit te
sæva Necessitas,
gestans manu ahena
clavos trabales et cuneos,
nec uncus severus abest
plumbumque liquidum.

ODE XXXV.

A LA FORTUNE.

O Déesse, qui gouvernes
l'agréable Antium
pouvant-de-suite ou élever
du degré le plus bas
un corps mortel (un homme),
ou changer en funérailles
des triomphes orgueilleux,
le pauvre habitant de la campagne
entoure (sollicite) toi
par une prière inquiète,
et quiconque fatigue
la mer de-Carpathos
de *son* vaisseau de-Bithynie
sollicite toi la reine de la plaine *liquide.*
C'est toi *que* le Dace farouche,
c'est toi *que* les Scythes vagabonds
craignent,
et (ainsi que) les villes, et les nations,
et le Latium belliqueux,
et les mères
des rois barbares,
et les tyrans couverts-de-pourpre,
de peur qué tu ne renverses
d'un pied injurieux
leur colonne (puissance) qui-est-debout,
ou (et) *de peur* qu'un peuple nombreux
n'appelle aux armes, aux armes,
ceux qui-sont-oisifs,
et ne brise *leur* empire.
Toujours marche-devant toi
la cruelle Nécessité,
portant dans *sa* main d'-airain
des clous de-poutre et des coins,
et le croc horrible n'est pas absent
et (ni) le plomb liquide (fondu).

Te Spes et albo rara Fides colit
Velata panno, nec comitem abnegat,
　　Utcumque mutata potentes
　　Veste domos inimica linquis.
At vulgus infidum et meretrix retro　　　　　　　25
Perjura cedit; diffugiunt cadis
　　Cum fæce siccatis amici,
　　Ferre jugum pariter dolosi.
Serves iturum Cæsarem in ultimos
Orbis Britannos[4] et juvenum recens　　　　　　30
　　Examen, Eois[5] timendum
　　Partibus oceanoque Rubro.
Eheu! cicatricum et sceleris pudet
Fratrumque. Quid nos dura refugimus
　　Ætas? quid intactum nefasti　　　　　　　　35
　　Liquimus? unde manum juventus
Metu deorum continuit? quibus
Pepercit aris? O utinam nova
　　Incude diffingas retusum in
　　Massagetas[6] Arabasque ferrum!　　　　　　40

le plomb fondu. L'Espérance te suit. Vêtue d'une blanche tunique,
la Fidélité, trop rare parmi nous, t'offre aussi son hommage et ne
refuse point de t'accompagner lorsque, sous d'humbles vêtements,
tu quittes en ennemie la demeure des grands, tandis que le perfide
vulgaire et la courtisane parjure se retirent; tandis qu'après avoir
vidé les tonneaux jusqu'à la lie, les amis infidèles se dispersent pour
ne pas partager avec leur ami le poids du malheur.

Déesse, veille sur César qui va combattre les Bretons aux extrémités de l'univers; veille sur ce nouvel essaim de jeunes guerriers
qui feront bientôt trembler l'Orient et les bords de la mer Rouge.
Hélas! nous avons honte de nos plaies à peine fermées, des vestiges
de nos crimes, du sang de nos frères. Génération barbare! devant
quel forfait avons-nous reculé? Quel attentat nous reste-t-il à commettre? Quelle profanation la crainte des dieux a-t-elle épargnée à
nos jeunes soldats? Quel autel ont-ils respecté? O puisses-tu, déesse,
retremper nos glaives émoussés et les tourner contre l'Arabe et le
Massagète!

Spes colit te,	L'Espérance rend-hommage à toi,
et Fides rara	et (ainsi que) la fidélité rare
velata panno albo,	couverte d'un voile blanc,
nec abnegat comitem,	et elle ne *te* refuse pas pour compagne,
utcumque	toutes-les-fois-que
veste mutata	*ton* vêtement étant-changé
linquis inimica	tu quittes *en* ennemie
domos potentes.	les demeures puissantes (des grands).
At vulgus infidum	Mais (alors) le vulgaire infidèle
et meretrix perfida	et la courtisane parjure
cedit retro;	se retire en arrière;
amici pariter dolosi	les amis *tous* également *trop* rusés
ferre jugum	pour supporter le joug (la pauvreté)
diffugiunt	s'enfuient
cadis siccatis	les coupes étant-mises-à-sec
cum fæce.	avec (jusqu'à) la lie.
Serves Cæsarem	Conserve César
iturum in Britannos,	qui-va-marcher contre les Bretons,
ultimos orbis,	les derniers (situés au bout) du monde,
et examen recens juvenum	et *cet* essaim nouveau de guerriers
timendum	redoutable
partibus Eois,	aux parties (contrées) Orientales,
oceanoque Rubro.	et à la mer Rouge.
Eheu! pudet cicatricum	Hélas! honte-est *à nous* de *nos* cicatrices
et sceleris fratrumque	et de *nos* crimes et de *nos* frères *tués*.
Ætas dura	Age (génération) dur (barbare)
quid nos refugimus?	devant quoi avons-nous reculé?
quid nefasti	quoi de criminel
liquimus intactum?	avons-nous laissé non-touché (non tenté)?
unde juventus	d'où la jeunesse
continuit manum	a-t-elle abstenu (retiré) la main
metu deorum?	par la crainte des dieux?
quibus aris pepercit?	quels autels a-t-elle épargné?
Ó utinam diffingas	Ô plaise-à-Dieu que tu refaçonnes
incude nova	sur une enclume nouvelle
ferrum retusum	*notre* fer émoussé
in Massagetas	*pour le tourner* contre les Massagètes
Arabasque!	et les Arabes!

CARMEN XXXVI.

AD PLOTIUM NUMIDAM.

Et ture et fidibus juvat
Placare et vituli sanguine debito
   Custodes Numidæ deos,
Qui nunc, Hesperia sospes ab ultima [1],
   Caris multa sodalibus,   5
Nulli plura tamen dividit oscula
   Quam dulci Lamiæ, memor
Actæ non alio rege puertiæ,
   Mutatæque simul togæ [2].
Cressa ne careat pulchra dies nota [3],   10
   Neu promptæ modus amphoræ,
Neu morem in Salium sit requies pedum,
   Neu multi Damalis meri
Bassum Threïcia vincat amystide,
   Neu desint epulis rosæ,   15
Neu vivax apium, neu breve lilium.
   Omnes in Damalin putres [4]
Deponent oculos, nec Damalis novo
   Divelletur adultero
Lascivis hederis ambitiosior.   20

ODE XXXVI.

A PLOTIUS NUMIDA.

Que mon encens, que les accords de ma lyre, que le sang promis d'une génisse, m'acquittent envers les dieux, protecteurs de Numida. Numida, sain et sauf, revient du fond de l'Hespérie partager ses embrassements à ses amis chéris, le plus grand nombre pourtant à son tendre Lamia. Il se souvient qu'ils passèrent leur enfance sous l'empire d'un même gouverneur, et qu'ils prirent en même temps la robe virile. Marquons de blanc ce jour fortuné; que les amphores se vident et se succèdent sans fin; danseurs rivaux des Saliens, ne donnons point de trêve à nos pieds; que Damalis, cette insatiable buveuse, avec sa large coupe Thracienne, ne l'emporte point sur Bassus, et qu'à notre banquet abondent les roses et l'ache toujours verte, et le lis qui n'a qu'un moment. Tous, nous attacherons sur Damalis nos regards lascifs, mais Damalis ne se détachera pas de son nouvel amant, qu'elle enlace plus étroitement que le lierre amoureux.

CARM. XXXVI.

AD PLOTIUM NUMIDAM.

ODE XXXVI.

A PLOTIUS NUMIDA.

Juvat placare
et ture et fidibus
et sanguine debito vituli
deos custodes Numidæ,
qui nunc, sospes
ab ultima Hesperia,
dividit multa oscula
sodalibus caris,
tamen nulli
plura
quam dulci Lamiæ,
memor puertiæ
actæ non alio rege,
togæque
mutatæ simul.
Ne pulchra dies careat
nota cressa,
neu sit modus
amphoræ promptæ,
neu requies pedum
in morem Salium,
neu Damalis
meri multi
vincat Bassum
amystide Threicia,
neu rosæ,
neu apium vivax,
neu lilium breve
desint epulis.
Omnes deponent
in Damalin
oculos putres,
nec Damalis divelletur
novo adultero,
ambitiosior
hederis lascivis.

Il me plaît d'apaiser
et par mon encens et par mes chants
et par le sang dû (promis) d'un veau
les dieux protecteurs de Numida,
qui maintenant, revenant sain-et-sauf
du fond de l'Hespérie,
distribue de nombreux embrassements
à ses amis chéris,
cependant n'en distribue à aucun
de plus nombreux
qu'au tendre Lamia,
se-souvenant de leur enfance
passée non sous un autre roi (maître),
et se-souvenant de leur robe
changée en-même-temps.
Que ce beau jour ne manque pas
d'un signe fait-avec-de-la-craie,
qu'il n'y ait pas de mesure
à l'amphore prompte à se vider,
qu'il n'y ait pas de repos de nos pieds
dansant à la manière des-Saliens,
que Damalis
femme d'un vin copieux (grande buveuse),
ne surpasse pas Bassus
avec une coupe de-Thrace,
que les roses,
que l'ache fraîche,
que le lis dé-courte-durée
ne manquent pas à nos repas.
Tous jetteront
sur Damalis
des yeux lascifs,
et Damalis ne sera pas arrachée
de son nouvel amant,
elle qui-étreint-plus-fortement
que le lierre amoureux.

CARMEN XXXVII.

AD SODALES.

Nunc est bibendum, nunc pede libero
Pulsanda tellus, nunc Saliaribus[1]
    Ornare pulvinar deorum
    Tempus erat dapibus, sodales.
Antehac[2] nefas depromere Cæcubum   5
Cellis avitis, dum Capitolio
    Regina dementes ruinas,
    Funus et imperio parabat,
Contaminato cum grege turpium[3]
Morbo virorum, quidlibet impotens   10
    Sperare fortunaque dulci
    Ebria. Sed minuit furorem
Vix una sospes navis ab ignibus;
Mentemque lymphatam Mareotico[4]
    Redegit in veros timores   15
    Cæsar ab Italia volantem
Remis adurgens, accipiter velut

ODE XXXVII.

A SES AMIS.

C'est maintenant, mes amis, qu'il faut boire, et d'un pied libre
frapper la terre en cadence; c'est maintenant qu'il faut étendre les
lits sacrés et couvrir la table des dieux de mets dignes des prêtres
de Mars. Avant ce jour, nous n'aurions pu sans crime tirer le
Cécube des celliers de nos pères, alors qu'à la tête d'un vil troupeau
d'hommes souillés d'une lèpre honteuse, une reine insensée, dans le
délire de ses espérances et l'enivrement de sa fortune, préparait la
chute du Capitole et les funérailles de l'empire. Mais sa fureur se
calma en voyant à peine un seul de ses vaisseaux échappé aux
flammes. Son âme, troublée par les fumées du Maréotique, ressentit
de véritables craintes, lorsque, à force de rames, pressant la course
du navire qui l'emportait loin de l'Italie, comme l'épervier presse

CARM. XXXVII.

AD SODALES.

Nunc est bibendum,
nunc tellus pulsanda
pede libero,
nunc, sodales, erat tempus
ornare pulvinar deorum
dapibus Saliaribus.
Antehac nefas
depromere Cæcubum
cellis avitis,
dum, cum grege virorum
turpium
morbo contaminato,
regina impotens
sperare quidlibet
ebriaque
fortuna dulci,
parabat Capitolio
ruinas dementes,
et imperio funus.
Sed una navis
vix sospes ab ignibus
minuit furorem;
Cæsarque redegit
in veros timores
mentem lymphatam
Mareotico,
adurgens remis
volantem ab Italia,
velut accipiter

ODE XXXVII.

A *SES* AMIS.

Maintenant il faut boire,
maintenant la terre doit être frappée
d'un pied libre,
maintenant, amis, il était (est) temps
d'orner les coussins des dieux
de mets dignes-des-Saliens (splendides).
Jusque-là *c'était* un crime
de tirer le Cécube
des celliers des-aïeux,
tandis que, avec un troupeau d'hommes
dégradés
par une maladie souillée (honteuse),
une reine non-maîtresse *de ses désirs*
jusqu'à espérer quoi que ce fût
et enivrée
de *sa* fortune douce (prospère),
préparait au Capitole
une ruine insensée,
et à l'empire des funérailles.
Mais un-seul vaisseau
à peine échappé aux flammes
anéantit *ce* délire;
et César réduisit
à de vraies craintes
son esprit troublé
par *le vin* de-Maréotis,
César pressant avec *ses* rames
elle volant loin de l'Italie,
comme l'épervier *presse*

Molles columbas, aut leporem citus.
  Venator in campis nivalis
    Hæmoniæ, daret ut catenis   20
Fatale monstrum : quæ generosius
Perire quærens nec muliebriter
  Expavit ensem[5], nec latentes
    Classe cita reparavit oras.
Ausa et jacentem visere regiam   25
Vultu sereno, fortis et asperas
  Tractare serpentes, ut atrum
    Corpore combiberet venenum ;
Deliberata morte ferocior ;
Sævis Liburnis[6] scilicet invidens   30
  Privata deduci superbo
    Non humilis mulier triumpho.

les tendres colombes, comme l'agile chasseur presse le lièvre dans les champs neigeux de l'Hémonie, César voulait enchaîner ce monstre fatal. Jalouse d'un plus noble trépas, elle n'a point, en femme, pâli devant le glaive, et n'a point, sur sa flotte rapide, cherché des rivages inconnus. Mais, intrépide, et d'un front serein, elle a revu son palais renversé; elle a osé presser dans ses mains d'horribles serpents pour faire couler dans ses veines leur mortel venin, plus fière encore après avoir résolu sa mort, et jalouse de ravir aux vaisseaux Liburniens l'honneur de mener à Rome, dans la pompe insolente d'un triomphe, une reine illustre, mais détrônée.

molles columbas,	les tendres colombes,
aut venator citus	ou *comme* le chasseur agile
leporem	*presse* le lièvre
in campis Hæmoniæ	dans les champs de l'Hémonie
nivalis,	couverte-de-neige,
ut daret catenis	afin qu'il livrât aux chaînes
monstrum fatale :	ce monstre fatal :
quæ quærens	*cette femme* qui, cherchant
perire generosius	à périr plus glorieusement
nec expavit ensem	et ne trembla pas devant un glaive
muliebriter,	à-la-manière-des-femmes,
nec reparavit classe cita	et ne chercha pas sur une flotte rapide
oras latentes.	des rives cachées (inconnues).
Ausa et visere vultu sereno	Elle osa et revoir d'un front serein
regiam jacentem	son palais renversé
et fortis tractare	et courageuse *elle osa* manier
serpentes asperas,	des serpents cruels,
ut combiberet corpore	afin qu'elle absorbât dans *son* corps
atrum venenum ;	*leur* noir venin ;
ferocior	plus fière
morte deliberata ;	sa mort ayant été décidée *par elle ;*
scilicet invidens	sans doute enviant (car elle enviait)
sævis Liburnis	aux cruels navires-des-Liburniens
deduci triumpho superbo	d'être traînée dans un triomphe insolent
privata	*comme* une simple *femme*
mulier non humilis.	*elle* femme non obscure (elle, une reine).

CARMEN XXXVIII.

AD PUERUM.

Persicos odi, puer, apparatus,
Displicent nexæ philyra coronæ ;
Mitte sectari, rosa quo locorum
    Sera moretur[1].
Simplici myrto nihil allabores,   5
Sedulus curæ : neque te ministrum
Dedecet myrtus neque me sub arta
    Vite bibentem.

ODE XXXVIII.

A SON ESCLAVE.

Jeune esclave, je hais les apprêts fastueux des Perses. Je n'aime point ces couronnes que lie l'écorce du tilleul. Dispense-toi de chercher où se trouve encore la rose tardive, et que ton zèle inutile n'ajoute rien au simple myrte. Le myrte ne nous messied pas, à toi quand tu me sers, à moi quand je bois à l'ombre d'une treille.

CARM. XXXVIII.

AD PUERUM.

Puer,
odi apparatus Persicos,
coronæ nexæ
philyra
displicent;
mitte sectari,
quo locorum
rosa sera moretur.
Sedulus curæ
allabores nihi
myrto simplici :
myrtus dedecet
neque te ministrum,
neque me bibentem
sub vite arta.

ODE XXXVIII.

A SON ESCLAVE.

Enfant,
je hais le faste des-Perses,
les couronnes liées
avec l'écorce-du-tilleul
me déplaisent;
renonce à chercher,
dans lequel des lieux
la rose tardive demeure (est encore).
Trop zélé pour ce-qui-est-à-soin *à toi*
n'ajoute-avec-travail rien
au myrte simple :
le myrte ne messied
ni à toi *mon* serviteur,
ni à moi qui-bois
sous une vigne entrelacée (épaisse).

NOTES.

ODE I.

Note 1. *Mœcenas, atavis edite regibus.* Mécène, simple chevalier Romain, favori et principal ministre d'Auguste, était d'une très-ancienne famille qui avait occupé le trône de Toscane. Horace dira ailleurs (liv. III, od. XXIX) : *Tyrrhena regum progenies.* Properce dit également : *Mœcenas eques Etrusco de sanguine regum.* (Lib. III, el. IX.)

— 2. *Quiritium.* Nom que l'on donnait aux Romains dans les assemblées, soit comme descendants de Romulus, surnommé *Quirinus,* soit à cause de la ville de Cures, d'où une partie des Romains tiraient leur origine.

— 3. *Tergeminis honoribus.* Les uns entendent par *tergeminis honoribus* les trois principales charges : l'édilité, la préture et le consulat. Les autres prennent ce mot au figuré et le font synonyme de *maximus, amplissimus.*

— 4. *Libycis... areis.* Les Grecs et les Latins donnent généralement le nom de Libye à l'Afrique entière. On distinguait la Libye intérieure et la Libye extérieure. La Libye était et est encore très-fertile en blé.

— 5. *Attalicis.* Attale, roi de Pergame, allié du peuple Romain, qu'il institua son héritier. Ses richesses et sa magnificence étaient passées en proverbe.

— 6. *Cypria... Myrtoum... Icariis fluctibus. Cypria,* Cypre (aujourd'hui Chypre), grande île de la mer Méditerranée. — *Myrtoum.* Partie de la mer Égée, ainsi nommée de l'île de Myrtos, près de l'Eubée (Négrepont). — *Icariis fluctibus.* La mer Icarienne est aussi une partie de la mer Égée, entre Samos et Délos, où Icare fut précipité pour avoir volé trop près du soleil avec des ailes de cire. Ovide a dit :

Icarus Icarias nomine fecit aquas.

— 7. *Massici.* Montagne d'Italie, aujourd'hui *Mondragone.* Le vin de ce terroir était fort estimé. On en peut dire autant des vins qui portaient le nom de Cécube, Falerne, Calès, Formies, dont Horace parlera dans la suite.

—8. *Solido demere de die.* Le jour était destiné tout entier chez les Romains aux affaires sérieuses et aux exercices. Ils ne prenaient leurs repas qu'après le coucher du soleil, et c'était une sorte de vol fait à la journée que d'anticiper de quelques heures, c'est-à-dire de boire avant la fin du jour.

— 9. *Sacræ.* Les sources des fontaines étaient consacrées.

—10. *Sub Jove* pour *sub cœlo, sub aere:* Jupiter pris pour l'air, dont il est le dieu.

—11. *Lesboum.* Horace appelle la lyre Lesbienne, à cause d'Alcée, qui était de Lesbos, et qui en joua le premier, comme il dit dans l'ode xxxii de ce livre : *Lesbio primum modulate civi.* — Sapho était aussi de Lesbos.

ODE II.

Note 1. *Diræ,* « sinistre, funeste, qui vient de la colère du ciel. » L'an de Rome 731, de violents orages avaient fait déborder le Tibre, et la foudre, en plein hiver, était tombée sur plusieurs temples.

— 2. *Iliæ.* Ilia, mère de Romulus, de qui Jules César tirait son origine.

— 3. *Persæ.* Horace appelle ainsi les Parthes, qui occupaient alors l'ancien empire de Cyrus.

— 4. *Scelus.* La mort de Jules César. Virgile s'est servi du même mot en faisant allusion au même fait :

Te duce si qua manent sceleris vestigia nostri.

— 5. *Erycina.* Vénus, ainsi appelée du mont Éryx, en Sicile, où elle avait un temple superbe.

— 6. *Auctor.* C'était du dieu Mars qu'Ilia avait eu Rémus et Romulus.

—7. *Marsi.* Les Marses étaient fort belliqueux, et c'était la meilleure infanterie des Romains.

— 8. *Juvenem.* Cette flatterie délicate regarde Octave. Horace ne dit pas tout à fait qu'il soit dieu, mais qu'il pourrait bien l'être. Virgile et Ovide ont employé la même épithète de *juvenis* en parlant d'Octave.

—9. *Medos,* les Parthes qui possédaient le pays des Mèdes.

ODE III.

Note 1. *Iapyga*. L'Iapyx des Latins est proprement l'ouest-nord-ouest. Ce vent était très-favorable à ceux qui, comme Virgile, voulaient aller d'Italie en Grèce, car il soufflait toujours en poupe jusqu'au-dessous du Péloponèse. C'est pourquoi Virgile (*Én.*, VIII, 710), dit que l'Iapyx emportait Cléopâtre, lorsqu'après la bataille d'Actium elle fuyait de l'Épire et se retirait dans Alexandrie.

Illam inter cædes pallentem morte futura
Fecerat Ignipotens undis et Iapige ferri.

— 2. *Robur.* « Le rouvre, » espèce de chêne, plus petit, plus noueux et plus dur que le chêne ordinaire : ce mot est mis ici pour *dura quercus.*

— 3. *Truci*, c'est-à-dire *procelloso.* Catulle, IV, 9, dit de même : *Trucemve Ponticum sinum.*

— 4. *Hadriæ.* Adria, ville et colonie Romaine du pays des Vénètes. Elle est située à l'embouchure du Pô, sur un des bras de ce fleuve, appelé *Adrianus*, et donne son nom à la mer Adriatique.

— 5. *Quem gradum....*, « quelle marche, quelle approche de la mort...? »

— 6. *Acroceraunia.* Aujourd'hui monts *della Chimera* ou *Khimiaroli*, chaîne de montagnes de l'Épire, ainsi nommée parce que ses sommets fort élevés étaient souvent frappés de la foudre.

ODE IV.

Note 1. *Machinæ.* On doit entendre par ce mot ce que les Grecs et les Latins appelaient « phalanges, » c'est-à-dire de grands leviers dont on se servait pour retirer les vaisseaux de la mer et les placer sur le rivage. C'est ce qu'ils faisaient sur la fin de l'automne. Au printemps, ils remettaient leurs navires à flot.

— 2. *Inchoare* est un mot propre et particulier aux contrats de prêts à intérêt, qui répond à notre phrase « tirer des intérêts. » Chez les anciens, l'intérêt, *usura*, se payait par mois. On exigeait le premier terme d'avance, et on continuait à retirer les autres toujours au 1er du mois. Ainsi *inchoare* veut dire commencer à faire courir les intérêts. Horace compare la vie à un capital qu'on nous a donné. Il semble dire : La somme de la vie est si petite, qu'il ne faut pas compter en tirer de gros intérêts d'espérance.

— 3. *Fabulæque Manes. Fabulæ* pour *fabulosi.* Horace ne veut pas dire que les Mânes soient des « fables, des chimères, » mais des sujets de fables, de récits. *Fabulæque Manes* est donc ici *Manes de quibus multæ sunt fabulæ*. Ainsi quand il a dit « le fabuleux Hydaspe, » il n'a pas voulu dire que l'Hydaspe ne fût qu'une pure fable; mais par fabuleux il a entendu : qui fait du bruit dans l'histoire, fameux. *Fabula* vient de *fari*, « parler. »

— 4. *Exilis* a été très-diversement interprété. Quelques-uns y voient un hypallage et entendent *domus exilis* comme s'il y avait *domus ubi habitant exiles animæ*, *domus exilium umbrarum*. Nous croyons avec Dacier que si cette maison de Pluton a toujours été appelée *inania regna*, Horace a bien pu l'appeler *exilis*, puisque *exilis* et *inanis* ne sont qu'une même chose. Notre poëte a dit ailleurs, et dans le même sens (*Ép.*, I, vi, 45) :

> Exilis *domus est ubi non et multa supersunt*
> Furibus.

Et Virgile (*Én.*, VI, 269) :

> *Perque domos Ditis vacuas et inania regna.*

— 5. *Regna vini.* On tirait au sort le thaliarque, ou roi du festin. C'était lui qui fixait le nombre de coups que l'on devait boire, et il fallait lui obéir. *Aut bibe*, disait-il, *aut abi.*

ODE V.

Note 1. *Gracilis*, « svelte. » C'était pour les anciens la beauté la plus recherchée. — *Urget*, « te serre, te presse, t'enlace. »

— 2. *Emirabitur.* Seul exemple de ce mot dans la bonne latinité.

— 3. *Me tabula sacer...* Chez les anciens, ceux qui s'étaient sauvés d'un naufrage faisaient représenter dans un tableau ce qui leur était arrivé, et consacraient ce tableau dans le temple du dieu auquel ils s'étaient adressés dans leur détresse, et au secours duquel ils croyaient devoir leur salut. Les poëtes font souvent allusion à cet usage :

> *Fracta rate naufragus assem*
> *Dum rogat, et picta se tempestate tuetur.*
> (Juven. *Sat.*, xiv.)

> *Cantas quum fracta te in trabe pictum*
> *Ex humero portes?*
> (Pers. *Sat.*, i.)

128 NOTES.

ODE VI.

Note 1. *Vario.* Varius, dont il reste à peine quelques vers, était l'ami d'Horace et de Virgile, et passait pour le premier poëte épique de son temps. Il avait composé une tragédie, intitulée *Thyeste*, à laquelle fait allusion le vers de cette ode : *Nec sævam Pelopis domum.*

— 2. *Mæonii carminis.* Il appelle Méonien le poëme épique, à cause d'Homère, qui était de Méonie, ou parce qu'il était, suivant quelques-uns, fils de Méon.

ODE VII.

Note 1. *Plance.* Munatius Plancus. C'est celui dont nous avons les admirables lettres qu'il écrivait à Cicéron. Revêtu successivement de toutes les dignités, il n'en fut pas plus heureux, et cette ode nous le représente livré à de continuels chagrins. Il s'engagea d'abord dans le parti d'Antoine, mais il le quitta pour passer dans celui d'Octave, à qui il fit ensuite donner le nom d'Auguste.

— 2. *Teucer.* Teucer, forcé de fuir la colère de son père, qui l'accusait de n'avoir pas vengé la mort d'Ajax, son frère, alla fonder une autre Salamine dans l'île de Cypre.

— 3. *Ambiguam*, une « autre » Salamine, de telle sorte que lorsqu'on nommera Salamine il y ait doute *(ambigatur)* si c'est celle du Péloponèse ou celle de Cypre.

ODE VIII.

Note 1. *Lupatis... frenis.* Les chevaux gaulois avaient la bouche très-dure : on les domptait avec un frein hérissé de pointes en forme de dents de loup.

— 2. *Cur timet flavum Tiberim tangere, cur olivum, etc.?* Passer le Tibre à la nage était un des exercices de la jeunesse Romaine. Voy. *Sat.*, liv. II, 1, 7. *Ter uncti transnanto Tiberim.* — Ceux qui se préparaient à la lutte se frottaient d'huile afin d'être plus souples et de donner moins de prise à leurs adversaires.

— 3. *Filium Thetidis.* On sait l'histoire d'Achille, que sa mère, Thétis, cacha sous un habit de femme dans le palais de Lycomède, roi de l'île de Scyros, pour l'empêcher d'aller à Troie, où elle savait qu'il devait mourir.

ODE IX.

Note 1. *Soracte.* Le Soracte, aujourd'hui *monte San-Silvestro*, était dans l'Etrurie méridionale, et près de Capène. On y remarquait un temple consacré à Apollon.

— 2. *Thaliarche*. Ce nom, entièrement grec, signifie « roi du festin. » Mais il n'y a pas d'apparence que, pour dire le roi du festin, Horace eût employé ce mot étranger et qui n'était pas en usage chez les Romains. Il est donc vraisemblable que c'est un nom propre, quoiqu'on n'en connaisse aucun autre exemple chez les Latins.

— 3. *Diota*. Grand vase « à deux oreilles, » comme l'indique le mot, c'est-à-dire à deux anses, pour conserver le vin. Les Latins l'appellent *quadrantal* et *amphora*. — Horace dit ici *Sabina*, parce qu'on fabriquait cette sorte de vaisseaux chez les Sabins.

— 4. *Composita... hora. Hora composita*, c'est-à-dire *condicta*, « dont on est convenu ensemble. »

ODE X.

Note 1. *Nepos Atlantis*. Parce qu'il était fils de Maïa, fille d'Atlas.

— 2. *More palestræ. More* est pour *institutione, usu*, et *palestræ* pour *cujuslibet exercitationis*, tels que la lutte et les autres exercices qui forment le corps et donnent de la grâce : c'est là le sens de *decoræ*.

— 3. *Jocoso condere furto*. Horace n'oublie aucun des attributs du dieu qu'il veut chanter. Il est vrai que ces attributs ne sont pas tous également dignes de la divinité, et Voltaire avait raison de suspecter ici la dévotion du poëte. Il est bon de remarquer cependant avec quelle finesse Horace sait dissimuler ce que la qualité de voleur peut avoir d'odieux : si Mercure dérobe, ce n'est que pour faire voir son adresse, par pure plaisanterie, *furto jocoso*.

— 4. *Dives*. Ce mot ne veut pas dire simplement que Priam était riche ; il a pour objet de dépeindre une situation particulière de la vie de Priam, et de nous le montrer chargé de l'énorme rançon d'Hector.

— 5. *Thessalos*, c'est-à-dire *Græcos*, la partie pour le tout.

ODE XI.

Note 1. *Babylonios*. Les calculs, les supputations des Chaldéens ou des Babyloniens, aussi fameux dans les mathématiques que dans l'astronomie. Ils attribuaient aux astres et même aux nombres différentes propriétés relatives aux événements humains.

— 2. *Debilitat...* « Qui affaiblit la mer contre les rochers, » c'est-à-dire l'envoie se briser contre eux.

ODE XII.

Note 1. *Lyra vel acri tibia.* La lyre était pour les louanges des dieux, et la flûte pour celles des hommes. Mais *tibia* avec l'épithète *acri* ne saurait représenter notre flûte : cette flûte retentissante des anciens répond à notre grande trompette.

— 2. *Arte materna.* Sa mère, Calliope, l'avait instruit dans l'art de chanter.

— 3. *Fidibus canoris.* Virgile a employé ces mêmes mots, en parlant d'Orphée :

Threicia fretus cithara fidibusque canoris.

— 4. *Blandum ducere.* Tournure grecque, pour *blandum ad ducendum*, comme nous avons vu dans l'ode x *callidum condere.*

— 5. *Avitus apto cum Lare fundus. Lare apto*, c'est-à-dire *cum domo quæ fundum decebat.* Cette simplicité est noble et touchante : *avitus*, c'était un bien de patrimoine qu'ils n'avaient point accru par leur ambition; *apto Lare*, la maison était proportionnée au fonds, sa petitesse répondait au peu d'étendue des terres qu'ils possédaient. Caton conseillait cette heureuse médiocrité : *Ita ædifices ne villa fundum quærat, neve fundus villam.*

— 6. *Marcelli.* Marcellus, fils d'Octavie, sœur d'Auguste, fut adopté par l'empereur, qui lui donna en mariage sa fille Julie, et le désigna pour son successeur. Il mourut à dix-huit ans. On connaît les beaux vers que Virgile lui a consacrés dans le VI° livre de l'*Énéide.*

— 7. *Julium sidus.* Une comète qui parut peu de temps après la mort de César, et qui se montra pendant sept nuits, fut regardée comme son âme qui s'était envolée dans les cieux. Auguste, pour confirmer le peuple dans cette croyance, fit placer une étoile sur toutes les statues de César; il en mit lui-même une sur son casque. Ainsi, à la journée d'Actium, « de son front rayonnant, dit Virgile, jaillissent deux flammes, et l'astre paternel resplendit sur sa tête. »

Geminas cui tempora flammas
Læta vomunt, patriumque aperitur vertice sidus.
                                        (*Æn.* lib. VIII, v. 681.)

ODE XIII.

Note 1. *Memorem… notam.* Expression belle et hardie. « Une marque qui se souvient, » pour une marque dont on se souvient et qui dure longtemps. Virgile a dit de même : *Memorem Junonis ob iram.*

— 2. *Quinta parte sui nectaris*. Horace dit « la cinquième partie du nectar, » comme nous disons la « quintessence » d'une chose, pour ce qu'il y a de plus pur.

ODE XIV.

Note 1. *O navis !* Toute cette ode est allégorique, quoi qu'en dise le savant Lefèvre, et après lui Dacier. C'était l'opinion de Quintilien, et elle a été depuis presque toujours suivie. Il s'agit du vaisseau de l'État. Elle paraît avoir été faite après la bataille de Philippes. Le mât brisé désigne Pompée, qui fut immolé en Égypte par les ordres de Ptolémée, et, dans cette supposition, *Africus ventus* aurait un sens plus précis que de coutume ; les dieux invoqués après le premier naufrage sont les généraux Brutus et Cassius, et le nouvel orage dont la république est menacée est vraisemblablement la guerre que Sextus Pompée tenta de renouveler quelque temps après.

— 2. *Durare*, c'est-à-dire *perferre*, *sustinere*. De même, Virgile, *Énéide*, VIII, 577 : *Quemvis durare laborem*.

— 3. *Cycladas*. Ces îles, ainsi nommées d'un mot grec qui signifie cercle, parce qu'elles sont rangées en cercle, sont voisines des côtes de la Grèce et situées à l'ouest des Sporades. Les principales Cyclades étaient Naxos, Andros, Délos, Paros, Céos, Mélos et Astypalée. C'était l'endroit le plus dangereux de toute la Méditerranée. Au surplus, l'épithète *nitentes*, qu'Horace leur donne ici, semble désigner plus particulièrement les Sporades, autre groupe d'îles qui sont blanches et lumineuses de l'argile dont elles sont pleines, ce qui a donné lieu à Denys le Périégète de les comparer à des astres. « Après les Cyclades, dit-il, on voit reluire les Sporades comme les astres dans un ciel serein, lorsque l'impétueux Borée a chassé les nuages humides. »

ODE XV.

Note 1. *Pastor*. Pâris, fils de Priam et d'Hécube. On l'appelle *pastor*, parce qu'il passa sa jeunesse parmi les bergers du mont Ida. — *Traheret* exprime bien les nombreux détours que Pâris fut obligé de prendre de peur d'être poursuivi ; car il erra longtemps sur les mers, et alla en Phénicie, puis en Égypte, avant d'arriver avec Hélène dans sa patrie.

— 2. *Hospitam*. Pâris avait été reçu dans le palais d'Hélène. *Hospes dicitur et qui recipit et qui recipitur. Per dextram istam quam* hospes *hospiti porrexisti.* (Cicer.)

Veterum vetus hospes *amicum.*
(Horat.)

Il faut remarquer que la langue française a pris du latin ce mot *hôte* avec sa double signification, « celui qui reçoit, celui qui est reçu. »

> Un rat *hôte d'un champ*...
> (La Fontaine.)

> Notre bonne commère
> S'efforce de tirer *son hôte* au fond des eaux.
> (Idem.)

> Quels humains auraient cru recevoir un tel *hôte*?

dit Philémon en parlant de Jupiter ; et quelques vers plus bas :

> Les dieux sortent enfin et font sortir leurs *hôtes*.
> (*Philémon et Baucis.*)

— 3. *Ingrato otio. Ingrato* doit s'appliquer non pas à Pâris et à Hélène, mais aux vents, qui, de leur nature, sont ennemis du repos.

— 4. *Mala... avi*, pour *auspicio sinistro*, métaphore prise de la coutume des Grecs et des Romains, qui, par le vol des oiseaux, jugeaient du bonheur ou du malheur de leurs entreprises.

— 5. *Dardanæ genti.* Les Troyens étaient appelés Dardaniens, à cause de Dardanus, fils de Jupiter et d'Électre, et père des Troyens.

— 6. *Laertiaden.* Ulysse, fils de Laërte, roi d'Ithaque.

— 7. *Non hoc pollicitus tuæ.* Les pronoms possessifs *tuus, suus*, etc. mis seuls comme en cet endroit, sans nom ni qualité de personne, sont d'un emploi fort rare. Tibulle en offre un exemple (lib. IV *El.*, VII) :

> *Mea gaudia narrat,*
> *Dicetur si quis non habuisse suam.*

le complément de *tuæ*, dans notre poëte, est sans doute *Hélène, amante*, ou plutôt, comme terme de mépris, *Grecque.* C'est ainsi que Racine fait dire à Hermione, parlant d'Andromaque :

> Ton cœur, impatient de revoir *ta Troyenne*...

ODE XVI.

Note I. *Dindymene.* Cybèle, ainsi appelée du mont Dindymus, en Phrygie, où elle avait des temples.

— 2. *Corybantes.* Prêtres de Cybèle, appelés aussi Curètes, *Galli, Phryges* et *Dactyli Idæi.*

— 3. *Noricus.* Le Norique, contrée de la Germanie d'où l'on tirait le meilleur fer.

ODE XVII.

Note 1. *Lucretilem.* Le Lucrétile, montagne du pays des Sabins au pied de laquelle se trouvait la maison de campagne d'Horace.

— **2.** *Lycæo.* Le Lycée, montagne d'Arcadie, près de l'Alphée.

— **3.** *Olentis uxores mariti.* Périphrase aussi juste que plaisante pour désigner les chèvres. Virgile a aussi appelé le bouc « le mari du troupeau » (*Géorg.* liv. III, v. 125) :

Quem legere ducem et pecori dixere maritum.

Ailleurs (*Égl.*, VII, v. 7) il est plus hardi encore :

Vir gregis ipse caper deerraverat.

— **4.** *Hædiliæ.* Leçon d'Orelli, rétablie par lui d'après les meilleurs manuscrits ; l'un d'eux (Cod. B.) porte une glose qui nous apprend que Hédélie était une montagne ou une forêt du pays des Sabins, voisine du Lucrétile. Ce passage avait été tourmenté de bien des manières sans qu'on eût jamais produit une leçon entièrement admissible.

— **5.** *Usticæ.* Ustique, petite montagne du pays des Sabins, près du Lucrétile.

— **6.** *Fide Teia.* Sur la lyre d'Anacréon, qui était de Téos.

— **7.** *Uno.* Ulysse.

— **8.** *Vitream.* Il faut rejeter le sens de « beauté, éclat de teint, » que donnent à *vitream* quelques interprètes. Cette épithète a ici le sens de léger, volage, inconstant, à cause de la mobilité de la lumière qui se joue dans les corps diaphanes, ou de l'agitation même de ces corps. C'est ainsi que ce mot est souvent appliqué à la Fortune, à la Renommée, et c'est par la même raison qu'il convient à la magicienne Circé.

ODE XVIII.

Note 1. *Vare.* Quintilius Varus, poëte célèbre, le même dont Horace déplore la mort dans l'ode XXIV, adressée à Virgile.

— **2.** *Siccis,* « les gens à sec, » c'est-à-dire sobres. Cicéron, *Acad.* II, v, 27, oppose *sicci* à *vinolenti.*

— **3.** *Quatiam,* pour *commovebo,* c'est-à-dire « je ne t'ôterai pas de ta place. » C'est une métaphore tirée d'une coutume des anciens, qui, les jours de fêtes, tiraient de leur place les statues de leurs dieux et les promenaient : *Commovere sacra.* Horace se défend de vouloir prendre part à cette cérémonie, qui était l'occasion des plus horribles débauches.

> *Qualis* commotis *excita* sacris
> *Thyas, ubi audito stimulant trieterica Baccho*
> *Orgia, nocturnusque vocat clamore Cithæron.*
>
> (Virg. *Æn.*, lib. IV, v. 301.)

ODE XIX.

Note 1. *Mater sæva cupidinum.* Horace a répété ce vers dans la première ode du livre IV.

ODE XX.

Note 1. *Sabinum.* Un vin des coteaux qui avoisinaient la maison de campagne d'Horace, dans le pays des Sabins. Ce vin était fort méprisé. Le Cécube, dont notre poëte parle un peu plus bas, n'est pas le nom d'un terroir, mais celui du vin même. Les coteaux qui le produisaient s'appelaient *Formiani colles.* Les coteaux de la ville de Calès donnaient le Falerne.

ODE XXI.

Note 1. Dans les hymnes séculaires que l'on chantait à Apollon et à Diane, il y avait deux chœurs, l'un de jeunes garçons, l'autre de jeunes filles. Ces chœurs chantaient alternativement, le premier les louanges d'Apollon, le second celles de Diane.

— 2. *Vos*, sous-entendu *virgines.*

— 3. *Vos*, sous-entendu *pueri.*

ODE XXII.

Note 1. *Integer vitæ, sceleris purus.* Constructions purement poétiques. De même, *Satires*, II, III, v. 220 : *Integer animi*, et Virgile, *Én.*, IX, v. 225 : *Integer ævi.*

— 2. *Fusce.* Aristius Fuscus était poëte, orateur et grammairien. C'est à ce même Fuscus qu'Horace adresse la xᵉ épître du livre Iᵉʳ.

— 3. *Syrtes æstuosas.* Les anciens donnaient ce nom aux deux golfes que forme la Méditerranée sur la côte septentrionale de l'Afrique, entre l'Égypte et le cap Hermæum. Le premier, dit Grande Syrte, est aujourd'hui le golfe de Sidre; le second, dit Petite Syrte, est aujourd'hui le golfe de Cabès. Quelquefois aussi on entend par *Syrtes* les vastes plaines sablonneuses et brûlantes qui se trouvaient en face des *Syrtes* proprement dites, sol mouvant et sujet au flux et reflux, de même que les flots de la mer, auxquels on les compare souvent. Nous croyons qu'en cet endroit de notre poëte *Syrtes æstuosas* doit recevoir le sens de « Syrtes sablonneuses. »

— 4. *Hydaspes.* L'Hydaspe, aujourd'hui le *Djelem*, fleuve de l'Inde qui, venant des monts Imaüs, tombait dans l'Acesines après avoir traversé le pays des Glauses. Horace, en lui donnant l'épithète de *fabulosus,* n'entend pas dire que ce fleuve n'existe pas : *fabulosus* a ici le sens de « célèbre, fameux, sujet de beaucoup de récits. » Voir notre note sur *fabulæque Manes,* ode IV du présent livre.

— 5. *Jubæ tellus.* La Mauritanie. Juba, attaché à Pompée, fut tué en combattant contre César. Son fils, amené prisonnier à Rome, se fit aimer d'Octave, qui le rétablit sur le trône de ses pères.

ODE XXIII.

Note 1. *Gætulusve leo.* La Gétulie, aujourd'hui partie du Bilédulgérid, du Sedjelmesse et du Sahara, était une contrée de l'Afrique, au sud de l'Atlas, et avait au nord la Numidie et les deux Mauritanies, à l'est le pays des Garamantes, au sud la Nigritie et à l'ouest l'Océan Atlantique.

ODE XXIV.

Note 1. *Quintilium.* Quintilius Varus, de Crémone. Le même à qui Horace adresse l'ode XVIII de ce livre : *Nullam, Vare, sacra vite, etc.*; et le même aussi à qui Virgile adresse la VIe églogue :

> *Si quis tamen hæc quoque, si quis*
> *Captus amore legat, te nostræ, Vare, myricæ,*
> *Te nemus omne canat : nec Phœbo gratior ulla est*
> *Quam sibi quæ Vari præscripsit pagina nomen.*

On sait seulement que Q. Varus était poëte et qu'il mourut sous le dixième consulat d'Auguste; mais quel mérite ne doit-on pas supposer à celui dont Horace et Virgile font un tel éloge et dont ils pleurent si amèrement la perte!

ODE XXV.

Note 1. *Thracio..... vento.* Le Borée ou l'Aquilon, appelé *Thracio* parce qu'il venait de Thrace.

— 2. *Quæ solet matres furiare equorum.* Virgile, *Géorgiques*, III, v. 266 :

> *Scilicet ante omnes furor est insignis equarum.*

ODE XXVI.

Note 1. *Protervus* est ici synonyme de *petulans*, *procax*, « violent, impétueux. »

— 2. *Tiridaten*. Tiridate, roi d'Arménie, s'était emparé du royaume des Parthes, après en avoir chassé Phraate. Celui-ci, avec le secours des Scythes, parvint à le détrôner.

— 3. *Apricos*, c'est-à-dire *in locis apricis natos*.

— 4. *Lesbio plectro*, dans le même sens que *Lesboum barbiton* de l'ode I de ce livre, c'est-à-dire avec des vers comme ceux d'Alcée, qui était de Lesbos.

ODE XXVII.

Note 1. *Pugnare Thracum est*. Allusion aux combats des Thraces et des Lapithes.

— 2. *Immane quantum*. Hellénisme, pour *magnopere*, *mirum in modum*.

— 3. *Vix illigatum te triformi Pegasus...* Pégase déroba Bellérophon aux coups de la Chimère, monstre formé de la tête d'un lion, du corps d'une chèvre et de la queue d'un dragon.

ODE XXVIII.

Note 1. *Archyta*. Philosophe pythagoricien, contemporain de Platon, fut à la fois mathématicien, astronome, homme d'État et général. Il fut élu six fois chef de la république par les Tarentins. Il mourut dans un naufrage sur les côtes de l'Apulie. On attribue à Archytas plusieurs inventions, entre autres celles de la vis, de la poulie. Il avait, dit-on, construit une colombe volante.

— 2. *Matinum*. Le mont Matinus, Matinum ou Matina, dans l'Apulie, sur les confins de la Lucanie.

— 3. *Panthoiden*. Pythagore, philosophe de Samos et fils de Mnésarque. Pour donner plus de crédit à son système, il prétendait se souvenir d'avoir été Euphorbe, fils de Panthoüs, et d'avoir assisté au siége de Troie. Il disait reconnaître son bouclier suspendu dans le temple de Junon, à Argos.

— 4. *Illyricis*. Illyrie, partie du royaume de Macédoine qu'il ne faut pas confondre avec l'*Illyrie* des anciens, laquelle forme l'Illyrie actuelle, composée de la Croatie, de la Dalmatie et de l'Esclavonia.

— 5. *Fluctibus Hesperiis.* L'Italie, appelée l'Hespérie, du nom de l'étoile du soir *Hesper*, parce que ce pays est au couchant. Voir ci-après la note 1 de l'ode XXXVI sur *Hesperia ultima.*

— 6. *Venusinæ.* Venouse ou Venusie, aujourd'hui *Venosa*, ville d'Apulie en Daunie, près de la Lucanie, au sud de Cannes. C'est la patrie d'Horace.

ODE XXIX.

Note 1. *Icci.* Iccius, ami d'Horace. Il se préparait à faire partie d'une expédition qui fut envoyée dans l'Arabie, alors presque incon-nue des Romains.

— 2. *Sabææ*, partie de l'Arabie Heureuse qui avait pour capitale *Saba* ou *Sabatha*, qu'on croit être aujourd'hui *Sanaa* dans l'Hadramut.

— 3. *Panæti.* Panætius, philosophe stoïcien, né à Rhodes, étudia à Athènes sous Zénon et vint à Rome vers le milieu du II° siècle avant J. C. Il y ouvrit une école qui fut fréquentée par les jeunes gens les plus distingués. Il eut pour disciples Scipion et Lælius. Il avait com-posé un traité *des Devoirs*, un livre *des Sectes, de la Divination, de la Tranquillité d'Esprit*, etc.

— 4. *Loricis Hiberis.* L'Espagne, dite Ibérie, à cause du fleuve de l'Èbre, *Iberus.* Les Espagnols trempaient fort bien le fer, et fabri-quaient d'excellentes armes.

ODE XXX.

Note 1. *Cnidi, Paphique.* Gnide, ville de Carie (Doride), à l'entrée du golfe Céramique, particulièrement consacrée à Vénus. C'est là qu'é-tait la fameuse Vénus de Praxitèle. — *Paphi.* Paphos, nom commun à deux villes de l'île de Cypre, l'Ancienne Paphos et la Nouvelle Pa-phos. Cette dernière, aujourd'hui *Bafa*, était sur le rivage et avait un temple consacré à Vénus.

ODE XXXI.

Note 1. *Dedicatum... Apollinem.* Auguste avait consacré un temple à Apollon sur le mont Palatin, en mémoire de la bataille d'Actium, qui lui avait donné l'empire. Orelli : *Dedicatur deus ipse, cui nova sedes consecratur.* Cicéron, *de Nat. Deor.* II, XXXII : *Ut Fides, ut Mens, quas in Capitolio dedicatas videmus.*

— 2. *Opimæ Sardiniæ segetes feraces.* L'île de Sardaigne était re-gardée comme un des greniers de Rome.

— 3. *Liris.* Le Liris, aujourd'hui *Carigliano*, rivière du Latium, naissait chez les Marses et se jetait dans la mer Inférieure, près de Minturnes, après avoir formé de vastes marais.

ODE XXXII.

Note I. *Lesbio... civi.* Ces mots désignent Alcée, de Mitylène, dans l'île de Lesbos. Il combattit longtemps avec courage pour la liberté de sa patrie.

ODE XXXIII.

Note 1. *Albi.* Albius Tibullus, dont nous avons quatre livres d'élégies qui respirent une sensibilité profonde, une mélancolie douce que ne connurent ni Properce, ni Ovide. Il mourut la même année que Virgile.

— 2. *Insignem tenui fronte.* Chez les Grecs et chez les Romains, c'était une beauté que d'avoir le front petit. Pétrone, dans le portrait de Circé : *frons minima.* Ce goût était même si général que les dames Romaines avaient coutume de cacher une partie de leur front sous des bandelettes qu'Arnobe appelle *nimbos. Imminuerent frontes nimbis.*

— 3. *Cyri.* C'est le même Cyrus dont il est parlé dans l'ode XVII.

— 4. *Fretis acrior Hadriæ.* La mer Adriatique, sujette à de fréquentes tempêtes. Horace dit encore, dans l'ode IX du livre III :

Et improbo
Iracundior Hadria.

ODE XXXIV.

Note 1. *Consultus,* pour *peritus, doctus,* « habile, maître, » dans le sens de *jurisconsultus.*

— 2. *Atlanteusque finis.* Les anciens, qui ne connaissaient pas toute l'Afrique, croyaient que de ce côté la terre finissait au mont Atlas.

ODE XXXV.

Note 1. *O diva... Antium.* L'ordre des idées, autant que l'emploi des mêmes strophes, ont fait croire à quelques commentateurs que l'ode précédente et celle-ci n'en font qu'une. C'est le sentiment de l'abbé Gagliani. — *Antium.* Antium, aujourd'hui *Anzio* et *Nettuno,* ville du Latium, capitale du pays des Volsques. On y voyait deux temples célèbres, l'un d'Esculape, l'autre de la Fortune. C'est dans les ruines d'Antium qu'on a trouvé, il y a environ deux cents ans, l'Apollon du Belvédère.

— 2. *Bithyna.* La Bithynie, à l'est du Bosphore de Thrace, de la Propontide et de la Mysie. Ses forêts fournissaient d'excellents bois pour la construction des vaisseaux.

— 3. *Carpathium.* Partie de la Méditerranée, vers l'Égypte, où est située l'île de Carpathos, aujourd'hui *Scarpanto*, entre la Crète et Rhodes.

— 4. *Ultimos orbis Britannos. Ultimos*, d'après l'opinion des anciens, qui ne connaissaient point de pays au delà des îles Britanniques.

— 5. *Eois.* Les Parthes et les Arabes.

— 6. *Massagetas.* Les Massagètes, peuples scythes à l'est et au nord de la mer Caspienne, étaient nomades, pasteurs et ichthyophages. On croit que le nom de *Massagetæ* signifie « grands Gètes. »

ODE XXXVI.

Note 1. *Hesperia..... ultima.* L'Espagne, qui était quelquefois désignée sous le nom de Grande Hespérie, comme l'Italie sous celui de Petite Hespérie. L'épithète *ultima* indique l'Espagne, car il faut remarquer que ce nom d'*Hespérie*, qui marque le couchant (*Hesper* ou *Vesper*), les Grecs l'ont donné à l'Italie, parce qu'elle est au couchant de la Grèce, et les Latins à l'Espagne, parce qu'elle est dans la même situation à leur égard. Les progrès des découvertes géographiques transportaient successivement cette dénomination d'Hespérie d'une contrée à l'autre : c'était le dernier pays découvert à l'ouest qui le recevait.

— 2. *Togæ.* Les jeunes Romains portaient la robe prétexte jusqu'à l'âge de dix-sept ans, époque à laquelle ils prenaient la robe virile.

— 3. *Cressa... nota*, pour *nota Cretica*, parce que la pierre blanche qu'on nomme *craie* est commune dans l'île de Crète. Les Thraces étaient dans l'usage, au rapport de Pline, de marquer d'une pierre blanche leurs jours heureux, et d'une pierre noire leurs jours malheureux. On jetait ces pierres commémoratives dans une urne. L'année finie, on récapitulait son passé, et l'on regardait comme retranché de la vie les jours mauvais. A ce compte, combien d'hommes ont peu vécu! Les poëtes Latins rappellent souvent cet usage, qui des Thraces avait passé aux Romains. Horace dit ailleurs (*Sat.*, liv. I) :

         Creta *an carbone notandi?*

Et Ovide (*Métam.*, **xv**) :

         Mos erat antiquus niveis atrisque lapillis
         His damnare reos, illis absolvere culpa.

— 4. *Putres*, c'est-à-dire *marcescentes, molles,* comme en grec ὑγρός, ταχερός. Ainsi Lucien, *Am.* 15 : Ὁ Χαρικλῆς ὑπὸ τοῦ σφόδρα θάμβους ὀλίγου δεῖν ἐπεπήγει ταχερόν τι καὶ ὑγρὸν ἐν τοῖς ὄμμασιν ὑγραίνων. Perse, **v**, v. 58 : *Ille in Venerem est putris.*

ODE XXXVII.

Note I. *Saliaribus.* « Dignes des prêtres de Mars, » nommés Saliens. Les festins des Saliens, par leur magnificence, avaient donné lieu à ce proverbe : *Cœnæ Saliares.*

— 2. *Antehac,* c'est-à-dire avant la défaite de Cléopâtre, pendant que l'empire Romain était menacé, qu'il était en péril.

— 3. *Contaminato cum grege turpium, etc.* Cela peut s'entendre ou des eunuques dont la cour de Cléopâtre était pleine, ou des matelots et des soldats attaqués de la lèpre, originaire d'Afrique, et que les Latins appelaient *turpis scabies.*

— 4. *Mareotico,* du nom du lac Maréotis, aujourd'hui *Marioul,* dans l'Égypte inférieure, à l'ouest du Delta, près d'Alexandrie. Les environs produisaient des vins exquis.

— 5. *Nec expavit ensem.* Cléopâtre voulut se percer d'une épée, mais Proculeius, qu'Auguste avait envoyé pour la garder, l'en empêcha.

— 6. *Sœvis Liburnis.* Vaisseaux légers dont Auguste fit usage à la bataille d'Actium et qui lui rendirent la victoire plus facile. *Sœvis* est là par rapport à Cléopâtre, vaincue par leur moyen. Ces vaisseaux avaient été construits dans les chantiers de la Liburnie, partie de l'Illyrie.

ODE XXXVIII.

Note I. *Rosa quo locorum sera moretur.* Il s'agit sans doute des roses d'hiver. Les Romains faisaient beaucoup de dépenses pour en avoir dans cette saison. — *Quo locorum,* pour *quo loco.*

ARGUMENT ANALYTIQUE.

ODE PREMIÈRE. A Pollion. — Il l'invite à reprendre ses travaux historiques.

ODE II. A Crispus Salluste. — Celui-là seul est riche et heureux qui triomphe de l'avarice et des autres passions.

ODE III. A Dellius. — L'idée de la mort doit nous engager à jouir des biens de la vie.

ODE IV. A Xanthias. — Xanthias ne doit pas rougir d'aimer sa servante, puisque tant de grands hommes ont fait comme lui.

ODE V. A un ami. — Il l'engage à respecter Lalagée, qui est trop jeune encore pour répondre à son amour.

ODE VI. A Septime. — Il lui témoigne le désir qu'il a de finir ses jours soit à Tibur, soit à Tarente. Il l'invite à venir partager sa retraite.

ODE VII. A Pompéius Varus. — Il le félicite de son retour dans sa patrie.

ODE VIII. A Barine. — Qu'on ne doit plus croire aux serments de Barine, toujours parjure, et qui, loin d'être punie de ses perfidies, leur emprunte chaque fois un nouveau charme.

ODE IX. A Valgius. — Il lui adresse des consolations sur la mort de son fils.

ODE X. A Licinius. — Éloge de la médiocrité et de l'égalité d'âme.

ODE XI. A Quinctius Hirpinus. — Il l'invite à se débarrasser de tous soins pour jouir de la vie.

ODE XII. A Mécène. — Éloge de Licymnie, épouse de Mécène.

ODE XIII. Contre un arbre dont la chute avait failli l'écraser.

ODE XIV. A Postume. — Sur la brièveté de la vie.

ODE XV. Contre le luxe de son siècle.

ODE XVI. A Pompéius Grosphus. — Éloge du repos et de la médiocrité.

ODE XVII. A Mécène, malade. — Il cherche à le consoler. Il lui dit qu'il ne veut pas lui survivre.

ODE XVIII. Le poëte est content de la médiocrité de sa fortune. Il plaint le malheur de ceux qui soupirent après de grandes richesses, et qui ne songent pas à l'inévitable fin, la mort.

ODE XIX. Dithyrambe. — Louanges de Bacchus.

ODE XX. A Mécène. — Le poëte se promet l'immortalité.

HORATII
CARMINUM
LIBER II.

———

CARMEN I.

AD ASINIUM POLLIONEM.

Motum ex Metello consule [1] civicum
Bellique causas et vitia [2] et modos
  Ludumque Fortunæ gravesque
  Principum amicitias [3] et arma
Nondum expiatis uncta cruoribus,   5
Periculosæ plenum opus aleæ,
  Tractas, et incedis per ignes
  Suppositos cineri doloso.
Paulum severæ Musa tragœdiæ
Desit theatris : mox ubi publicas   10
  Res ordinaris, grande munus
  Cecropio repetes cothurno,

ODE I.

A ASINIUS POLLION.

  Les troubles civils qui prirent naissance sous le consulat de
Métellus, les causes, les désordres, les chances diverses de cette
guerre fatale, les jeux de la Fortune, les funestes ligues des chefs,
nos armes teintes d'un sang qui n'est pas encore expié, tels sont les
sujets que tu traites : œuvre féconde en périls, et où tu marches sur
des feux couverts d'une cendre trompeuse. Que la Muse sévère de la
tragédie se taise un moment sur nos théâtres. Lorsque tu auras dé-
veloppé la suite de ces grands événements, tu reprendras, avec le

HORACE.

ODES.

LIVRE II.

CARMEN I.

AD ASINIUM POLLIONEM.

ODE I.

A ASINIUS POLLION.

Tractas	Tu manies (tu veux raconter)
motum civicum	les troubles civils
ex Metello consule	à partir de Métellus consul
causasque belli	et les causes de la guerre
et vitia	et les crimes *commis*
et modos	et les vicissitudes *de la guerre*
ludumque Fortunæ	et le jeu de la Fortune
amicitiasque graves	et les amitiés funestes
principum	des chefs
et arma uncta	et les armes teintes
cruoribus	d'un sang
nondum expiatis,	*qui n'est* pas encore expié,
opus plenum	ouvrage (sujet) plein
aleæ periculosæ,	de chances dangereuses,
et incedis per ignes	et tu marches à travers (sur) des feux
suppositos cineri doloso.	placés-sous une cendre trompeuse.
Musa tragœdiæ severæ	Que la Muse de la tragédie sévère
desit panlum	fasse-défaut un peu (un instant)
theatris :	à *nos* théâtres :
mox	bientôt (puis)
ubi ordinaris	lorsque tu auras raconté-dans-leur-ordre
res publicas,	les événements publics,
repetes	tu reprendras
cothurno Cecropio	avec le cothurne de-Cécrops (athénien)
grande munus,	*ton* sublime travail,

Insigne mœstis præsidium reis
Et consulenti, Pollio [4], curiæ;
　　Cui laurus æternos honores　　　　　　　　15
　　Dalmatico [5] peperit triumpho.
Jam nunc minaci murmure cornuum
Perstringis aures, jam litui strepunt,
　　Jam fulgor armorum fugaces
　　Terret equos equitumque vultus.　　　　　20
Audire magnos jam videor duces
Non indecoro pulvere sordidos,
　　Et cuncta terrarum subacta
　　Præter atrocem [6] animum Catonis.
Juno et deorum quisquis amicior [7]　　　　　25
Afris inulta cesserat impotens
　　Tellure victorum nepotes
　　Retulit inferias Jugurthæ.
Quis non Latino sanguine pinguior
Campus sepulcris impia prælia　　　　　　　30
　　Testatur auditumque Medis
　　Hesperiæ sonitum ruinæ?

cothurne athénien, ta noble mission, ô Pollion, illustre appui des accusés dans leur détresse, lumière du sénat dans ses conseils, toi que le laurier de la victoire a couronné, dans les champs de la Dalmatie, d'une gloire immortelle.

Déjà mes oreilles frémissent du son menaçant des trompettes; déjà les clairons retentissent; déjà l'éclat étincelant des armes épouvante le coursier qui prend la fuite, et fait pâlir le cavalier. Je crois déjà voir ces grands capitaines souillés d'une noble poussière; je vois tout l'univers soumis, excepté l'âme indomptable de Caton.

Junon et tous les dieux amis de l'Afrique s'étaient exilés de cette terre qu'ils n'avaient pu venger; mais ils y ont ramené les petits-fils des vainqueurs pour les immoler aux mânes de Jugurtha. Quelle plaine, engraissée du sang romain, n'atteste pas par des tombeaux nos combats sacriléges, et les ruines de l'Hespérie dont la chute a

Pollio, insigne præsidium	Pollion, illustre appui
reis mœstis	pour les accusés en-deuil
et curiæ consulenti;	et pour le sénat qui (lorsqu'il) délibère;
cui laurus	toi à qui le laurier (la victoire)
peperit	a enfanté (procuré)
triumpho Dalmatico	par le triomphe de-la-Dalmatie
honores æternos.	des honneurs éternels.
Jam nunc	Déjà maintenant
perstringis aures	tu frappes mon oreille
murmure minaci cornuum,	du son menaçant des trompettes,
jam litui strepunt ;	déjà les clairons résonnent ;
jam fulgor armorum	déjà l'éclat des armes
terret equos fugaces	effraye les chevaux qui-veulent-fuir
vultusque equitum.	et les visages des cavaliers.
Jam videor	Déjà je parais (il me semble)
audire magnos duces	entendre les grands capitaines
sordidos	souillés
pulvere non indecoro,	d'une poussière qui n'est pas déshonorante,
et cuncta terrarum	et toutes les parties de la terre
subacta	soumises
præter animum atrocem	excepté l'âme indomptable
Catonis.	de Caton.
Juno et quisquis deorum	Junon et quiconque des dieux
amicior Afris	plus ami des Africains
cesserat impotens	était sorti impuissant
tellure inulta	de leur terre non-vengée
retulit	y a rapporté (ramené)
nepotes victorum	les petits-fils des vainqueurs
inferias	comme victimes-expiatoires
Jugurthæ.	offertes à Jugurtha.
Quis campus	Quelle plaine
pinguior sanguine Latino	devenue plus grasse du sang romain
non testatur sepulcris	n'atteste par ses tombeaux
prælia impia	nos guerres impies
sonitumque	et le bruit
ruinæ Hesperiæ	de la ruine de-l'Occident
auditum Medis ?	entendu par les Mèdes ?

Qui gurges aut quæ flumina lugubris
Ignara belli? quod mare Dauniæ [8]
    Non decoloravere cædes ?   35
    Quæ caret ora cruore nostro ?
Sed ne relictis, Musa procax, jocis
Ceæ retractes munera neniæ [9] :
    Mecum Dionæo [10] sub antro
    Quære modos leviore plectro.   40

retenti jusque chez les Mèdes? Quels gouffres, quels fleuves ont
ignoré nos guerres déplorables? Quelle mer n'a pas été rougie par nos
massacres? Quelle terre n'a pas été abreuvée de notre sang?

Mais ne va pas, ô Muse téméraire, abandonner les jeux pour répéter les hymnes funèbres du chantre de Céos. Viens plutôt avec moi
dans l'antre sacré de Dionée chercher sur la lyre de plus légers
accords.

Qui gurges	Quel abîme
aut quæ flumina	ou quels fleuves
ignara	*sont* ignorants (ignorent)
belli lugubris ?	*notre* guerre lugubre ?
quod mare	quelle mer
cædes Dauniæ	le sang des-Dauniens (des Romains)
non decoloravere ?	n'a pas fait changer-de-couleur (rougir)?
quæ ora caret	quel bord manque (n'est abreuvé)
nostro cruore ?	de notre sang ?
Sed, Musa procax,	Mais, Muse téméraire,
ne retractes munera	ne touche pas aux fonctions (au genre)
neniæ Ceæ	de l'hymne-funèbre de-Céos
jocis relictis :	les jeux étant quittés :
quære mecum	cherche avec moi
sub antro Dionæo	sous l'antre de-Dionée
modos	des accords
plectro leviore.	avec un plectre plus léger.

CARMEN II.

AD CRISPUM SALLUSTIUM.

Nullus argento color est avaris
Abdito terris, inimice. lamnæ
Crispe Sallusti[1], nisi temperato
    Splendeat usu.
Vivet extento Proculeius[2] ævo,   5
Notus in fratres animi paterni ;
Illum aget penna metuente solvi
    Fama superstes.
Latius regnes avidum domando
Spiritum, quam si Libyam remotis   10
Gadibus[3] jungas et uterque Pœnus[4]
    Serviat uni.
Crescit indulgens sibi dirus hydrops,
Nec sitim pellit, nisi causa morbi
Fugerit venis et aquosus albo   15
    Corpore languor.

ODE II.

A CRISPUS SALLUSTE.

Les trésors cachés dans une terre avare demeurent sans éclat ; ô Salluste, tu méprises la richesse, quand elle ne brille point par un sage emploi. Il vivra dans les siècles à venir, ce Proculéius illustré par sa tendresse paternelle envers ses frères, et la Renommée, qui survit aux âges, le portera éternellement sur son aile infatigable. Triomphe de tes avides désirs, et ton empire sera plus vaste que si tu joignais la Libye aux rivages lointains de Gadès, et que si l'une et l'autre Carthage n'avaient que toi pour maître. L'hydropique, cruel à lui-même, accroît son mal en le flattant : il ne peut apaiser sa soif qu'en chassant de ses veines le principe du mal, la lymphe qui fait

CARMEN II.   ODE II.

AD CRISPUM SALLUSTIUM.   A CRISPUS SALLUSTIUS.

Nullus color est argento   Aucun éclat n'est à l'argent
abdito terris avaris,   caché dans la terre avare,
Crispe Sallusti,   Crispus Sallustius,
inimice   toi ennemi
lamnæ,   de la lame d'argent (de l'argent),
nisi splendeat   s'il ne brille (s'il n'a du prix)
usu temperato.   par un emploi réglé (sage).
Proculeius   Proculéius
notus animi paterni   connu par son cœur paternel
in fratres   pour ses frères
vivet ævo extento;   vivra dans un âge reculé;
Fama superstes   la Renommée qui-survit
aget illum   portera celui-ci
penna   d'une aile
metuente solvi.   qui craint d'être arrêtée (infatigable).
Regnes latius   Tu régneras plus loin
domando spiritum avidum,   en domptant ton souffle (cœur) avide,
quam si jungas Libyam   que si tu joignais la Libye
Gadibus remotis   à Gadès reculé
et uterque Pœnus   et que si l'un et l'autre Carthaginois
serviat uni.   obéissaient à toi seul.
Hydrops dirus crescit   L'hydropisie cruelle augmente
indulgens sibi,   en-étant-complaisante pour elle-même,
nec pellit sitim,   et elle ne chasse pas la soif,
nisi causa morbi   si la cause (le principe) de la maladie
fugerit venis   n'a fui des veines   [l'eau)
et languor aquosus   et si la langueur aqueuse (produite par
corpore albo.   n'a fui du corps blanc (pâle).

7.

Redditum Cyri solio Phraaten
Dissidens plebi numero beatorum
Eximit Virtus populumque falsis
    Dedocet uti   20
Vocibus, regnum et diadema tutum
Deferens uni propriamque laurum,
Quisquis ingentes oculo irretorto [b]
    Spectat acervos.

languir son corps blêmissant. Ce Phraate remonté au trône de Cyrus, la Vertu, qui ne juge point comme le vulgaire, le retranche
du nombre des heureux ; elle apprend au peuple à ne pas accorder
des titres menteurs, et elle ne donne un sceptre, un diadème assuré,
une impérissable gloire, qu'à celui qui voit des monceaux d'or d'un
œil indifférent.

Virtus dissidens plebi	La Vertu qui-diffère-d'-avis avec la foule
eximit numero beatorum	retranche du nombre des heureux
Phraaten	Phraate
redditum solio Cyri	rendu au trône de Cyrus
dedocetque populum	et détourne-par-ses-leçons le peuple
uti vocibus falsis,	de se servir de paroles menteuses,
deferens regnum	déférant un empire
et diadema tutum	et un diadème sûr (assuré)
laurumque propriam	et un laurier durable
uni,	à *celui-là* seul,
quisquis spectat	quel-qu'il-soit-qui regarde
oculo irretorto	d'un œil qui-ne-se-détourne-pas (ferme)
ingentes acervos.	de grands monceaux *d'or.*

CARMEN III.

AD DELLIUM.

Æquam memento rebus in arduis
Servare mentem, non secus in bonis
    Ab insolenti temperatam
    Lætitia, moriture Delli [1],
Seu mœstus omni tempore vixeris,   5
Seu te in remoto gramine per dies
    Festos reclinatum bearis
    Interiore nota Falerni.
Quo pinus ingens albaque populus
Umbram hospitalem consociare amant   10
    Ramis? quid obliquo laborat
    Lympha fugax trepidare rivo?
Huc vina et unguenta et nimium breves
Flores amœnæ ferre jube rosæ,
    Dum res et ætas et Sororum   15
    Fila trium patiuntur atra.

ODE III.

A DELLIUS.

Souviens-toi de conserver une âme égale dans les revers, et qui ne s'enivre point d'un fol orgueil dans la prospérité; car tu dois mourir, ô Dellius, soit que ta vie entière se soit consumée dans la tristesse, soit que la passant en jours de fêtes, et couché à l'écart sur le gazon, tu boives le bonheur dans un vin de Falerne tiré du fond du caveau. N'est-ce pas pour nous inviter à boire que le pin superbe et le blanc peuplier se plaisent à marier l'ombre hospitalière de leurs rameaux, et que cette onde fugitive s'efforce de précipiter sa marche tortueuse? Ordonne donc qu'on t'apporte des vins, des parfums et des roses, fleurs charmantes d'un jour, tandis que la fortune, ton âge et le noir fuseau des trois Sœurs te le permettent encore.

Il faudra quitter ces bois achetés à grands frais, ce palais, cette maison des champs que baignent les flots dorés du Tibre; il faudra

CARMEN III.

AD DELLIUM.

Memento servare
in rebus arduis
mentem æquam,
non secus
temperatam
in bonis
a lætitia insolenti,
Delli moriture,
seu vixeris mœstus
omni tempore,
seu bearis
nota Falerni
interiore
te reclinatum
per dies festos
in gramine remoto.
Quo pinus ingens
populusque alba
amant
consociare ramis
umbram hospitalem?
quid lympha fugax
laborat trepidare
rivo obliquo?
Jube ferre huc
vina et unguenta
et flores
nimium breves
rosæ amœnæ,
dum res et ætas
et fila atra trium Sororum
patiuntur.

ODE III.

A DELLIUS.

Souviens toi de conserver
dans les circonstances difficiles (les revers)
une âme égale,
non autrement *que* (de même que)
une âme qui-se-garde
dans les *circonstances* heureuses (la pros-
d'une joie immodérée,   [périté)
Dellius, *toi* qui-dois-mourir,
soit que tu aies vécu triste
en tout temps;
soit que tu aies rendu-heureux
avec une étiquette (amphore) de Falerne
du-fond *de la cave* (la meilleure)
toi couché
pendant les jours de-fête
sur un gazon écarté.
Pourquoi le pin élevé
et le peuplier blanc
aiment-ils
à marier par *leurs* rameaux
leur ombre hospitalière?
pourquoi l'eau fugitive
s'efforce-t-elle de courir
dans un ruisseau sinueux?
Ordonne d'apporter là
des vins et des parfums
et les fleurs
trop courtes (qui durent trop peu)
de la rose agréable;
tandis que *les* circonstances et *ton* âge
et les fils noirs des trois Sœurs
le permettent.

Cedes coëmtis saltibus et domo
Villaque, flavus quam Tiberis lavit,
   Cedes, et exstructis in altum
    Divitiis potietur heres.   20
Divesne prisco natus ab Inacho [2],
Nil interest, an pauper et infima
   De gente sub divo moreris,
    Victima nil miserantis Orci.
Omnes eodem cogimur, omnium   25
Versatur urna serius ocius
   Sors exitura et nos in æternum
    Exilium impositura cymbæ.

les quitter, et ces richesses amoncelées seront la proie d'un héritier.
Riche, et descendant de l'antique Inachus, ou pauvre, de la race la
plus infime et sans autre abri que les cieux, il n'importe : tu es une
victime due à l'inexorable Pluton. Tous, nous sommes poussés vers
le même abîme : le sort de tout mortel s'agite dans l'urne fatale pour
en sortir tôt ou tard et nous faire passer sur la barque pour l'éternel
exil.

Cedes saltibus	Tu quitteras *tes* parcs
coemtis	achetés-ensemble (nombreux)
et domo villaque,	et *ta* maison et *ta* campagne,
quam Tiberis flavus lavit,	que le Tibre jaune arrose
cedes,	tu *les* quitteras,
et heres potietur	et un héritier s'emparera
divitiis	des richesses
exstructis in altum.	élevées haut (entassées).
Interest nil,	Il *n'*importe en rien (peu importe),
divesne	*si tu es* riche
natus a prisco Inacho,	issu de l'antique Inachus,
an moreris	ou si tu demeures (habites)
sub divo	sous le ciel (en plein air)
pauper et de gente infima,	pauvre et d'une race infime,
victima Orci	*puisque tu es* la victime d'Orcüs (Pluton)
miserantis nil.	qui *n'*a-pitié de rien.
Omnes cogimur	Tous nous sommes poussés
eodem,	vers-le-même-lieu,
sors omnium	le sort de tous
versatur urna	est agité dans une urne
exitura	devant sortir
serius ocius	plus tard *ou* plus tôt (tôt ou tard)
et impositura nos	et devant placer nous
cymbæ	sur la barque *de Charon*
in exilium æternum.	pour l'exil éternel.

CARMEN IV.

AD XANTHIAM.

Ne sit ancillæ tibi amor pudori,
Xanthia Phoceu ! Prius insolentem
Serva Briseis[1] niveo colore.
    Movit Achillem ;
Movit Ajacem Telamone natum [2]   5
Forma captivæ dominum Tecmessæ[3] ;
Arsit Atrides medio in triumpho
    Virgine rapta[4],
Barbaræ postquam cecidere turmæ
Thessalo victore[5] et ademtus Hector   10
Tradidit fessis leviora tolli
    Pergama Graiis.
Nescias, an te generum beati
Phyllidis flavæ decorent parentes : ̄
Regium certe genus et Penates   15
    Mœret iniquos.
Crede non illam tibi de scelesta
Plebe dilectam, neque sic fidelem,
Sic lucro aversam potuisse nasci
    Matre pudenda.   20

ODE IV.

A XANTHIAS.

Que l'amour que tu as pour ton esclave ne te fasse point rougir, ô Xanthias ! Avant toi l'on a vu l'esclave Briséis toucher, par son éblouissante blancheur, le cœur du superbe Achille; Tecmesse, la captive d'Ajax, séduisit son maître par sa beauté. Atride lui même, au milieu de son triomphe, brûla pour une vierge prisonnière, après que les bataillons barbares eurent succombé sous les coups victorieux d'Achille, et que le trépas d'Hector eut rendu plus facile aux Grecs fatigués la prise de Troie. Sais-tu si la blonde Phyllis ne descend pas de nobles parents qui seraient l'orgueil de leur gendre? Sans doute elle pleure une naissance royale et l'injustice de ses dieux. Sois-en sûr, celle qui est ainsi aimée de toi n'est pas du vil sang du peuple : si fidèle, si désintéressée, elle n'a pu naître d'une mère dont elle aurait à rougir.

CARMEN IV.

AD XANTHIAM.

Ne amor ancillæ
sit pudori tibi,
Xanthia Phoceu!
Prius
serva Briseis
movit colore niveo
Achillem insolentem ;
forma Tecmessæ captivæ
movit dominum
Ajacem natum Telamone ;
Atrides arsit
in medio triumpho
virgine rapta,
postquam turmæ barbaræ
cecidere
victore Thessalo
et Hector ademtus
tradidit Graiis fessis
Pergama
leviora
tolli.
Nescias,
an parentes beati
flavæ Phyllidis
decorent te generum :
certe mœret
genus regium
et Penates iniquos.
Crede
illam dilectam tibi
non
de plebe scelesta,
neque potuisse nasci
sic fidelem,
sic aversam lucro
matre pudenda.

ODE IV.

A XANTHIAM.

Que *ton* amour pour *ta* servante
ne soit pas à (ne fasse pas) honte à toi,
Xanthias de-Phocide!
Auparavant (jadis)
l'esclave Briséis   [cheur)
toucha par *sa* couleur de-neige (sa blan
Achille superbe (inflexible) ;
la beauté de Tecmesse captive
toucha *son* maître
Ajax né de Télamon ;
le fils-d'Atrée brûla
au milieu de *son* triomphe
pour une vierge ravie (prisonnière),
après que les bataillons barbares
eurent succombé
sous le vainqueur de-Thessalie
et *que* Hector enlevé (mort)
eut livré aux Grecs fatigués
Pergame (Troie)
plus légère (plus facile)
à être enlevée (détruite).
Tu ne peux-savoir,
si les parents heureux (nobles)
de la blonde Phyllis
*n'*honorent *pas* toi *leur* gendre :
sans-doute elle pleure
une naissance royale
et des dieux-Pénates rigoureux.
Crois
celle-ci aimée de toi
n'avoir pas *dû sortir*
de la populace criminelle,
et n'avoir pu naître
ainsi fidèle,
ainsi éloignée du gain (désintéressée)
d'une mère qui-fait-rougir.

Brachia et vultum teretesque suras
Integer laudo ; fuge suspicari,
Cujus octavum trepidavit Ætas
    Claudere lustrum.

Si je loue ses bras, son visage sa jambe faite au tour, c'est sans songer à mal : garde-toi de soupçonner un ami dont le Temps s'est hâté de clore le huitième lustre.

Integer	*Pour moi* pur (sans amour)
laudo brachia	je loue *ses* bras
et vultum surasque teretes;	et *son* visage et *ses* jambes rondes ;
fuge suspicari ,	garde-toi de soupçonner *un ami*,
cujus Ætas	dont le Temps
trepidavit claudere	s'est hâté de clore
octavum lustrum.	le huitième lustre.

CARMEN V.

AD AMICUM.

Nondum subacta ferre jugum valet
Cervice, nondum munia comparis
  Æquare nec tauri ruentis
    In Venerem tolerare pondus.
Circa virentes est animus tuæ   5
Campos juvencæ, nunc fluviis gravem
  Solantis æstum, nunc in udo
    Ludere cum vitulis salicto
Prægestientis. Tolle cupidinem
Immitis uvæ : jam tibi lividos   10
  Distinguet Autumnus racemos
    Purpureo varius colore.
Jam te sequetur : currit enim ferox
Ætas et illi, quos tibi demserit,
  Adponet annos ; jam proterva   15
    Fronte petet Lalage maritum :
Dilecta, quantum non Pholoe fugax,

ODE V.

A UN AMI.

Ta génisse ne peut pas encore ployer sous le joug sa tête domptée,
ni partager les travaux d'une compagne, ni soutenir le choc amoureux du taureau. Son cœur ne la porte que dans les vertes prairies,
tantôt cherchant à tempérer dans les eaux du fleuve la chaleur qui
l'accable, tantôt, avide de jeux, bondissant sous les saules humides
avec les enfants du troupeau. Maîtrise tes désirs : c'est une grappe
encore verte. Bientôt l'Automne, qui donne aux fruits leurs diverses
couleurs, nuancera pour toi de pourpre ce noir raisin ; bientôt
Lalagé te cherchera d'elle-même, car le Temps, qui court malgré
nous, lui apporte les années qu'il te ravit dans sa fuite ; bientôt, d'un
œil moins timide, elle provoquera l'amour, plus chérie que ne le

CARMEN V.   ODE V.

AD AMICUM.   A UN AMI.

Nondum valet	*Ta génisse* ne peut pas encore
ferre jugum	porter le joug
cervice subacta,	d'un cou dompté,
nondum	*elle* ne *peut* pas encore
æquare munia	égaler (partager) les travaux
comparis	d'une compagne
nec tolerare pondus tauri	ni supporter le poids du taureau
ruentis in Venerem.	qui se précipite pour l'Amour.
Animus tuæ juvencæ	L'esprit (la pensée) de ta génisse
est circa campos virentes,	est autour (occupé) des champs verts,
nunc solantis	*de ta génisse* tantôt adoucissant
æstum gravem	la chaleur pesante
fluviis,	dans les fleuves,
nunc præegestientis ludere	tantôt s'empressant à jouer
in salicto udo	dans la saussaie humide
cum vitulis.	avec les veaux.
Tolle cupidinem	Enlève (étouffe) le désir
uvæ immitis :	du raisin non-doux (vert) :
jam Autumnus	bientôt l'Automne
varius	qui-varie *la couleur des fruits*
distinguet tibi	nuancera pour toi
colore purpureo	de la couleur de-pourpre
racemos lividos.	les grappes noirâtres.
Jam sequetur te :	Bientôt elle poursuivra toi :
ætas enim ferox	car l'âge fier (l'âge de la fierté)
currit	court (s'écoule)
et adponet illi	et il ajoutera à celle-ci
annos	les années
quos demserit tibi ;	qu'il aura enlevées à toi ;
jam Lalage	bientôt Lalagé
petet maritum	provoquera un mari
fronte proterva :	avec un front hardi :
dilecta,	aimée (et elle sera aimée), [jamais)
quantum non	*autant* que ne *le fut* pas (plus que ne le fut
Pholoe fugax,	Pholoé fugitive (inconstante),

Non Chloris albo sic humero nitens,
  Ut pura nocturno renidet
  Luna mari, Cnidiusve ¹ Gyges,   20
Quem si puellarum insereres choro,
Mire sagaces falleret hospites
  Discrimen obscurum solutis
  Crinibus ambiguoque vultu ².

furent jamais Chloris et l'inconstante Pholoé, brillant par ses
blanches épaules comme brille la lune, pendant une nuit sereine,
sur le cristal des mers, ou comme Gygès à la chevelure flottante, aux
traits délicats, et qui, mêlé à un groupe de jeunes filles, ferait
douter de son sexe et tromperait les yeux les plus clairvoyants.

non Chloris	ni (et) Chloris
nitens sic	brillant ainsi
humero albo,	par *son* épaule blanche,
ut luna pura renidet	comme la lune pure brille
mari nocturno,	sur la mer nocturne (pendant la nuit),
Gygesve Cnidius,	ou Gygès de-Gnide,
quem si insereres	lequel si tu plaçais
choro puellarum,	dans un chœur de jeunes-filles,
discrimen obscurum	une différence *de sexe* obscure (insensible)
crinibus solutis	à cause de *ses* cheveux déliés
vultuque ambiguo	et de *son* visage qui-fait-douter
falleret mire	tromperait admirablement
hospites sagaces.	des hôtes clairvoyants.

CARMEN VI.

AD SEPTIMIUM.

Septimi [1], Gades [2] aditure mecum et
Cantabrum [3] indoctum juga ferre nostra et
Barbaras Syrtes [4], ubi Maura semper
    Æstuat unda ;
Tibur [5] Argeo positum colono   5
Sit meæ sedes utinam senectæ,
Sit modus lasso maris et viarum
    Militiæque !
Unde si Parcæ prohibent iniquæ,
Dulce pellitis ovibus Galæsi [6]   10
Flumen et regnata petam Laconi
    Rura Phalanto [7].
Ille terrarum mihi præter omnes
Angulus ridet., ubi non Hymetto [8]
Mella decedunt, viridique certat   15
    Bacca Venafro [9],

ODE VI.

A SEPTIME.

Septime, toi qui me suivrais jusqu'à Gadès, chez le Cantabre
indocile à porter notre joug, au milieu des Syrtes barbares où bouil-
lonnent sans cesse les flots de la Mauritanie, ô mon ami, fassent les
dieux que Tibur, fondé par des colons d'Argos, soit l'asile de ma
vieillesse, le terme de mes fatigues et sur terre, et sur mer, et dans
les camps !

Si la Parque ennemie me refuse ce bonheur, j'irai sur les rives du
Galèse, si cher aux brebis chargées de riches toisons; j'irai dans ces
campagnes où régna le Lacédémonien Phalante. Non, aucun lieu du
monde ne me sourit autant que ce coin de terre où le miel ne le cède
point à celui de l'Hymette, où la verte olive le dispute à celle du

CARMEN VI

AD SEPTIMIUM.

ODE VI.

A SEPTIME.

Septimi,

aditure mecum

Gades et Cantabrum

indoctum ferre nostra juga

et Syrtes barbaras,

ubi unda Maura

æstuat semper ;

utinam Tibur

positum colono Argeo

sit sedes

meæ senectæ,

sit modus

lasso maris

et viarum militiæque !

Unde

si Parcæ iniquæ prohibent,

petam flumen Galæsi

dulce ovibus pellitis

et rura regnata

Phalanto Laconi.

Ille angulus terrarum

ridet mihi

præter omnes,

ubi mella

non decedunt Hymetto,

baccaque certat

Venafro viridi,

Septime,

toi qui-viendrais avec moi

à Gadès et chez le Cantabre

indocile à porter notre joug

et aux Syrtes barbares,

où l'onde de-Mauritanie

bouillonne toujours ;

plaise-au-ciel-que Tibur

fondée par un colon d'-Argos

soit la demeure

de ma vieillesse,

qu'il soit le terme

pour moi fatigué de la mer

et des voyages et de la guerre !

Du-quel-endroit

si les Parques cruelles *m'*écartent,

je gagnerai le fleuve du Galèse

cher aux brebis couvertes-de-toison

et les campagnes gouvernées *autrefois*

par Phalante le Lacédémonien.

Ce coin de la terre

sourit à moi

au-dessus de tous *les autres*,

ce coin où le miel

ne *le* cède point à *celui de* l'Hymette,

et où l'olive *le* dispute

à *celle de* Vénafre verdoyant,

ODES. LIVRE II.   8

Ver ubi longum tepidasque præbet
Jupiter brumas , et amicus Aulon[10]
Fertili Baccho minimum Falernis
    Invidet uvis.   20
Ille te mecum locus et beatæ
Postulant arces ; ibi tu calentem
Debita sparges lacrima favillam
    Vatis amici.

Vénafre, où Jupiter fait succéder un long printemps à un doux
hiver, où les coteaux d'Aulon, aimés de Bacchus, n'ont rien à envier aux raisins de Falerne. Voilà le lieu, voilà les retraites fortunées où le bonheur t'appelle avec moi : c'est là que tu verseras un
juste tribut de larmes sur la cendre encore tiède du poëte qui fut ton
ami.

ubi Jupiter præbet	ce coin où Jupiter (le ciel) donne
longum ver	un long printemps
brumasque tepidas,	et des hivers tièdes,
et Aulon	et où le mont Aulon
amicus fertili Baccho	cher au fécond Bacchus (fertile en vin)
invidet minimum	ne porte-envie aucunement
uvis Falernis.	aux raisins (aux vins) de-Falerne.
Ille locus	Ce lieu
et arces beatæ	et ces collines heureuses (riantes)
postulant te mecum ;	réclament toi avec moi ;
ibi tu sparges	là tu arroseras
lacrima debita	d'une larme qui-lui-est-due
favillam calentem	la cendre chaude
vatis amici.	du poëte ton ami.

CARMEN VII.

AD POMPEIUM VARUM.

O sæpe mecum tempus in ultimum
Deducte Bruto ¹ militiæ duce,
 Quis te redonavit Quiritem.
 Dis patriis Italoque cœlo,
Pompei, meorum prime sodalium?   5
Cum quo morantem sæpe diem mero
 Fregi coronatus nitentes
 Malobathro Syrio capillos.
Tecum Philippos ² et celerem fugam
Sensi relicta non bene parmula,   10
 Quum fracta virtus et minaces
 Turpe solum tetigere mento.
Sed me per hostes Mercurius celer
Denso paventem sustulit aere ;
 Te rursus in bellum ³ resorbens   15
 Unda fretis tulit æstuosis.

ODE VII.

A POMPÉIUS VARUS.

O toi qui, sous les drapeaux de Brutus, vis souvent avec moi la
mort de si près, quel bienfait te rend à tes concitoyens, aux dieux
de tes pères, au ciel de l'Italie, ô Pompée, le premier de mes amis,
avec qui tant de fois je trompai la lenteur du jour, une coupe à la
main, et ceignant de couronnes nos cheveux brillants des parfums
de Syrie. Près de toi, je vis la désastreuse journée de Philippes,
où, mauvais soldat, j'abandonnai mon bouclier pour mieux presser
ma fuite, quand la valeur fut terrassée et que les héros souillèrent
dans la poudre leurs visages encore menaçants. Mercure alors, volant à mon secours, m'enleva tout tremblant, dans un nuage épais
au travers des ennemis, tandis que toi, ressaisi par les mers orageuses, tu fus poussé à de nouveaux combats.

CARMEN VII.

AD POMPEIUM VARUM.

O Pompei,
prime meorum sodalium,
deducte sæpe mecum
in ultimum tempus
Bruto duce
militiæ,
quis redonavit te
Quiritem
dis patriis
cœloque Italo ?
cum quo
fregi sæpe mero
diem morantem,
coronatus capillos
nitentes Malobathro Syrio.
Tecum sensi
Philippos
et fugam celerem
parmula relicta
non bene,
quum virtus fracta
et minaces
tetigere solum turpe
mento.
Sed per hostes
Mercurius celer
sustulit me paventem
aere denso ;
unda resorbens te rursus
in bellum
tulit
fretis æstuosis.

ODE VII.

A POMPÉIUS VARUS.

O Pompée,
le premier de mes amis,
toi qui fus conduit souvent avec moi
à *ton* dernier moment (ta dernière heure)
Brutus *étant* chef
du service-militaire,
qui a rendu-de-nouveau toi
citoyen-romain
aux dieux de-la-patrie
et au ciel de-l'-Italie ?
toi avec qui
j'ai brisé (abrégé) souvent avec du vin
le jour lent,
couronné sur *mes* cheveux
luisant du Malobathrum de-Syrie.
Avec toi j'ai éprouvé (j'ai partagé)
Philippes
et la fuite rapide
mon bouclier ayant été abandonné
non honorablement (honteusement),
quand la valeur *fut* écrasée
et *que nos soldats* menaçants
touchèrent le sol hideux
avec *leur* menton (mordirent la poussière).
Mais à travers les ennemis
Mercure rapide
enleva moi tremblant
dans un air (nuage) épais ;
le flot engloutissant toi de nouveau
pour la guerre
t'a emporté
sur les mers orageuses.

Ergo obligatam redde Jovi dapem
Longaque fessum militia latus
    Depone sub lauru mea , nec
    Parce cadis tibi destinatis.   20
Oblivioso levia Massico
Ciboria exple , funde capacibus
    Unguenta de conchis. Quis udo
    Deproperare apio coronas
Curatve myrto? quem Venus arbitrum   25
Dicet bibendi [1] ? Non ego sanius
    Bacchabor Edonis [5] : recepto
    Dulce mihi furere est amico.

Acquitte-toi donc du sacrifice que tu dois à Jupiter ; viens reposer
sous mon laurier tes membres fatigués des longs travaux de la
guerre, et n'épargne point ces tonneaux qui te sont destinés. Remplis
ta coupe brillante , et bois avec ce Massique l'oubli de tes maux. Que
ces larges conques te versent leurs parfums. Quel esclave a soin de
nous tresser promptement des couronnes d'ache ou de myrte? Qui de
nous Vénus va-t-elle élire roi du festin? Je veux égaler les folies
bachiques des Thraces : je me plais à ce délire quand je retrouve
un ami.

Ergo redde Jovi	Ainsi-donc rends à Jupiter
dapem obligatam	le sacrifice promis
deponeque sub mea lauru	et repose sous mon laurier
latus fessum	*ton* flanc fatigué
longa militia,	par un long service-militaire,
nec parce cadis	et n'épargne pas les tonneaux
destinatis tibi.	destinés (réservés) à toi.
Exple ciboria levia	Remplis des coupes polies
Massico oblivioso,	du *vin* de-Massique qui-fait-oublier,
funde unguenta	verse des parfums
de conchis capacibus.	des coquilles larges.
Quis curat	Qui prend-le-soin
deproperare coronas	de faire-à-la-hâte des couronnes
apio udo myrtove ?	avec de l'ache humide ou du myrte ?
quem Venus dicet	qui Vénus nommera-t-elle
arbitrum bibendi ?	le maître du boire (le roi du festin) ?
Ego non bacchabor	*Pour* moi, je ne célébrerai pas Bacchus
sanius	d'une-manière-plus-sage
Edonis :	*que* les Édoniens (les Thraces) :
est dulce mihi furere	il est doux pour moi de délirer
amico recepto.	un ami étant recouvré.

CARMEN VIII.

AD BARINEN.

Ulla si juris tibi pejerati
Pœna, Barine, nocuisset unquam,
Dente si nigro fieres vel uno
    Turpior ungui,
Crederem. Sed tu simul obligasti   5
Perfidum votis caput, enitescis
Pulchrior multo juvenumque prodis
    Publica cura.
Expedit matris cineres opertos
Fallere et toto taciturna noctis   10
Signa cum cœlo gelidaque divos
    Morte carentes.
Ridet hoc, inquam, Venus ipsa, rident
Simplices Nymphæ ', ferus et Cupido,
Semper ardentes acuens sagittas   15
    Cote cruenta.

ODE VIII.

A BARINE.

Si une seule fois, Barine, tu avais été punie de tes parjures, si une de tes dents était devenue noire, un de tes ongles difforme, je te croirais. Mais tu n'as pas plutôt engagé par un serment cette tête perfide, que tu nous parais beaucoup plus belle et que tu deviens l'objet de tous les vœux, de tous les soins de nos jeunes gens.

Barine se trouve bien de tromper, en prenant à témoin les cendres de sa mère, en invoquant et le ciel et les astres silencieux de la nuit, et les dieux que la froide mort ne peut atteindre. Vénus elle-même ne fait qu'en rire, aussi bien que les Nymphes indulgentes, et le cruel Amour, qui aiguise ses flèches de feu sur une pierre ensan-

CARMEN VIII.

AD BARINEN.

ODE VIII.

A BARINE.

Barine,
si ulla pœna
juris pejerati
tibi
nocuisset unquam,
si fieres turpior
uno dente nigro
vel ungui,
crederem.
Sed tu
simul obligasti votis
caput perfidum,
enitescis multo pulchrior
prodisque
publica cura
juvenum.
Expedit
fallere
cineres opertos matris
et signa taciturna noctis
cum cœlo toto,
divosque
carentes gelida morte.
Venus ipsa, inquam,
ridet hoc,
Nymphæ simplices rident,
et ferus Cupido,
acuens semper
sagittas ardentos
cote cruenta.

Barine,
si quelque châtiment
de la justice violée-par-un-parjure
par toi
t'avait nui jamais,
si tu étais devenue laide
par une dent noire
ou par un ongle *noir*,
je *te* croirais.
Mais toi
aussitôt que tu as lié par des vœux
ta tête perfide,
tu brilles beaucoup plus belle
et tu t'avances (tu deviens)
le public objet-des soins
des jeunes-gens.
Il *lui* est avantageux
de tromper *en les invoquant*
les cendres couvertes de *sa* mère
et les astres silencieux de la nuit
avec le ciel tout entier
et les dieux
manquant (exempts) de la froide mort.
Vénus elle-même, dis-je,
rit de cela,
les Nymphes innocentes *en* rient,
et *aussi* le cruel Cupidon,
qui aiguise toujours
ses flèches ardentes
sur une pierre sanglante.

8.

Adde, quod pubes tibi crescit omnis,
Servitus crescit nova ; nec priores
Impiæ tectum dominæ relinquunt
    Sæpe minati.   20
Te suis matres metuunt juvencis ,
Te senes parci miseræque nuper
Virgines nuptæ, tua ne retardet
    Aura maritos.

glantée. Bien plus : c'est pour toi que grandit toute la jeunesse; elle doit grossir un jour la foule de tes esclaves , sans que les premiers , bien qu'ils t'en aient souvent menacée, abandonnent le palais de leur perfide maîtresse. La mère et le vieillard économe te redoutent pour leurs enfants. Malheureuse la jeune fille nouvellement mariée! elle tremble que ton souffle ne lui enlève son époux.

Adde, quod omnis pubes	Ajoute que toute la jeunesse
crescit tibi,	grandit pour toi,
crescit	qu'elle grandit
nova servitus ;	nouvelle troupe-d'esclaves *pour toi ;*
nec priores	et les premiers (tes anciens esclaves)
relinquunt	*n'*abandonnent *pas*
sæpe minati	*quoique* souvent *t'en* ayant menacé
tectum dominæ impiæ.	le toit de *leur* maîtresse impie.
Matres metuunt te	Les mères redoutent toi
suis juvencis,	pour leurs jeunes taureaux (leurs fils) ,
senes parci te	les vieillards économes te *redoutent*
miseræque virgines	et les malheureuses jeunes filles
nuptæ nuper,	mariées récemment ,
ne tua aura	*craignant* que ton odeur
retardet maritos.	ne retarde *leurs* maris.

CARMEN IX.

AD VALGIUM.

Non semper imbres nubibus hispidos
Manant in agros, aut mare Caspium [1]
   Vexant inæquales procellæ
  Usque, nec Armeniis [2] in oris,
Amice Valgi [3], stat glacies iners   5
Menses per omnes, aut Aquilonibus
   Querceta Gargani [4] laborant,
  Et foliis viduantur orni :
Tu semper urges flebilibus modis
Mysten [5] ademtum nec tibi Vespero   10
   Surgente decedunt amores
  Nec rapidum fugiente Solem.
At non ter ævo functus amabilem
Ploravit omnes Antilochum senex
   Annos, nec impubem parentes   15
  Troilon aut Phrygiæ sorores
Flevere semper. Desine mollium

ODE IX.

A VALGIUS.

Les nuages ne versent point des pluies continuelles sur les champs attristés ; le caprice des tempêtes ne tourmente pas constamment la mer Caspienne ; on ne voit pas, toute l'année, les champs de l'Arménie languir sous la glace immobile, les aquilons ébranler sans cesse les chênes du Gargan et dépouiller les ormes de leur feuillage : et toi, mon cher Valgius, tu appelles toujours, par des accents plaintifs, Mystès ravi à ta tendresse ; et quand Vesper se lève, et quand Vesper fuit devant le char rapide du Soleil, l'objet de ton amour est toujours présent à ton cœur. Cependant le vieillard qui vécut trois âges ne pleura point toute sa vie l'aimable Antiloque ; et, le jeune Troïle, ses parents et ses sœurs phrygiennes ne le pleurèrent pas toujours. Mets donc un terme à ces plaintes qui t'accusent de fai-

CARMEN IX.
AD VALGIUM.

Imbres non manant
semper nubibus
in agros hispidos,
aut procellæ inæquales
vexant usque
mare Caspium,
nec glacies iners
stat per omnes menses
in oris Armeniis,
amice Valgi,
aut querceta Gargani
laborant
Aquilonibus,
et orni
viduantur
foliis :
tu urges semper
modis flebilibus
Mysten ademtum
nec amores
decedunt tibi
Vespero surgente
nec fugiente
Solem rapidum.
At senex
functus ter ævo
non ploravit
omnes annos
amabilem Antilochum,
nec parentes
aut sorores Phrygiæ
flevere semper
impubem Troilon.
Desine tandem

ODE IX.
A VALGIUS.

Les pluies ne se répandent pas
toujours des nuages
sur les champs attristés,
ou (et) des tempêtes inégales
ne tourmentent *pas* toujours
la mer Caspienne,
et la glace (le froid) qui-engourdit
ne dure pas pendant tous les mois
sur les bords (dans les champs) d'-Armé
ó mon ami Valgius,   [nie,
ou les chênaies du Gargan
ne sont *pas toujours* fatiguées
par les Aquilons,
et les ormeaux
ne sont *pas toujours* veufs
de *leurs* feuilles :
toi tu poursuis toujours
de *tes* chants plaintifs
Mystès qui *t'*a été ravi
et *tes* amours (l'objet de ton amour)
ne s'éloignent *pas* pour toi
Vesper (l'étoile du soir) se levant
ni *Vesper* fuyant (quand Vesper fuit)
le Soleil rapide.
Mais le vieillard (Nestor)
qui-s'-acquitta trois fois de la vie (vécut
ne pleura pas   [trois âges)
pendant toutes ses années (toute sa vie)
l'aimable Antiloque,
et *ses* parents
ou *ses* sœurs phrygiennes
ne pleurèrent pas toujours
l'adolescent Troïle.
Cesse enfin

Tandem querelarum [6], et potius nova
  Cantemus Augusti tropæa
  Cæsaris et rigidum Niphaten [7],   20
Medumque flumen [8] gentibus additum
Victis minores volvere vortices,
  Intraque præscriptum Gelonos [9]
Exiguis equitare campis.

blesse; chantons plutôt les nouveaux trophées de César; le Niphate
indocile et le fleuve de Médie qui, ajoutés à nos conquêtes, roulent
leurs flots avec moins d'orgueil; chantons les Gélons, forcés de contenir leurs coursiers dans les bornes étroites que Rome leur prescrit.

querelarum mollium ,   *tes* plaintes efféminées ,

et cantemus potius   et chantons plutôt

nova tropæa   les nouveaux trophées

Cæsaris Augusti   de César Auguste

et Niphaten rigidum ,   et le Niphate roide (glacé),

flumenque Medum   et *disons* le fleuve de-Médie

additum gentibus victis   ajouté aux nations vaincues

volvere   rouler

vortices minores ,   des tourbillons (flots) plus petits (moins

Gelonosque equitare   et les Gélons aller-à-cheval. [superbes),

campis exiguis   dans des plaines étroites

intra præscriptum.   dans un *espace* prescrit.

CARMEN X.

AD LICINIUM.

Rèctius vives, Licini [1], neque altum
Semper urgendo neque, dum procellas
Cautus horrescis, nimium premendo
    Littus iniquum.
Auream quisquis mediocritatem   5
Diligit, tutus caret obsoleti
Sordibus tecti, caret invidenda
    Sobrius aula.
Sæpius ventis agitatur ingens
Pinus et celsæ graviore casu   10
Decidunt turres feriuntque summos
    Fulgura montes.
Sperat infestis, metuit secundis
Alteram sortem bene præparatum
Pectus. Informes hiemes reducit   15
    Jupiter, idem
Submovet. Non, si male nunc, et olim

ODE X.

A LICINIUS.

Tu vivras plus heureux, Licinius, si tu ne vas pas au loin sillonner la haute mer, et si, par une crainte excessive des tempêtes, tu ne
rases pas de trop près les écueils du rivage. Celui qui chérit la médiocrité, plus précieuse que l'or, ne cherche point sa sûreté dans le
honteux réduit de la misère, et, modéré dans ses désirs, fuit les palais qu'assiége l'envie. Le pin superbe est souvent battu par les vents;
les tours élevées tombent d'une chute plus pesante; les plus hautes
montagnes sont frappées de la foudre. Une âme mûrie par la sagesse espère dans l'adversité, et craint, dans la prospérité, un changement de fortune. Jupiter ramène les tristes hivers, mais Jupiter
aussi les éloigne. Malheureux aujourd'hui, peut-être ne le seras-tu

CARMEN X.
AD LICINIUM.

Vives rectius,
Licini,
neque urgendo semper
altum
neque premendo nimium
littus iniquum,
dum cautus
horrescis procellas.
Quisquis diligit
mediocritatem auream,
tutus
caret sordibus
tecti obsoleti,
sobrius
caret aula
invidenda.
Pinus ingens
agitatur ventis
sæpius
et turres celsæ decidunt
casu graviore
fulguraque feriunt
summos montes.
Pectus bene præparatum
sperat infestis,
metuit secundis
alteram sortem.
Jupiter reducit
hiemes informes,
idem submovet.
Si male nunc,
non erit sic
et olim.

ODE X.
A LICINIUS.

Tu vivras mieux (plus heureux),
Licinius,
et en ne pressant (affrontant) pas toujours
la haute *mer*
et en ne serrant pas trop
le rivage dangereux,
pendant que prudent
tu redoutes les tempêtes.
Quiconque aime
la médiocrité d'-or (précieuse),
tranquille
manque (est à l'abri) de la saleté
d'un toit vieux,
et sobre en ses désirs
manque (reste éloigné) de la cour
qui-est-à-envier (objet d'envie).
Le pin élevé
est agité par les vents
plus fréquemment
et les tours élevées tombent
avec une chute plus lourde
et la foudre frappe
le sommet des montagnes.
Un cœur bien préparé
espère dans l'adversité,
et craint dans la prospérité
un autre sort (un changement de sort).
Jupiter ramène
les hivers hideux,
le même *Jupiter les* chasse.
Si *nous sommes* mal maintenant,
il n'*en* sera pas ainsi
encore à l'avenir.

Sic erit. Quondam cithara tacentem
Suscitat Musam[2] neque semper arcum
    Tendit Apollo.   20
Rebus angustis animosus atque
Fortis appare; sapienter idem
Contrahes vento nimium secundo
    Turgida vela.

pas demain. Quelquefois Apollon réveille les cordes muettes de sa
lyre, et son arc n'est pas toujours tendu. Montre-toi ferme et courageux dans l'infortune; mais replie sagement tes voiles enflées par
un vent trop favorable.

Quondam Apollo	Parfois Apollon
suscitat cithara	réveille avec *sa* lyre
Musam tacentem	la Muse qui se tait
neque tendit semper arcum.	et il ne tend pas toujours *son* arc.
Rebus angustis	Dans les choses étroites (les revers)
appare	parais (montre-toi)
animosus atque fortis ;	brave et courageux ;
idem	*toi* le même (de même)
contrahes sapienter	tu replieras sagement
vela turgida	*tes* voiles enflées
vento nimium secundo.	par un vent trop favorable.

CARMEN XI.

AD QUINCTIUM HIRPINUM.

Quid bellicosus Cantaber, et Scythes,
Hirpine Quincti', cogitet Hadria
   Divisus objecto, remittas
   Quærere, nec trepides in usum
Poscentis ævi pauca. Fugit retro   5
Levis juventas et decor, arida
   Pellente lascivos amores
   Canitie facilemque somnum.
Non semper idem floribus est honor
Vernis neque uno luna rubens nitet   10
   Vultu. Quid æternis minorem
   Consiliis animum fatigas?
Cur non sub alta vel platano vel hac
Pinu jacentes sic temere et rosa
   Canos odorati capillos,   15
   Dum licet, Assyriaque nardo
Potamus uncti? Dissipat Evius

ODE XI.

A QUINCTIUS HIRPINUS.

Ne cherche point, cher Hirpinus, à pénétrer les projets du belliqueux Cantabre, et du Scythe, séparé de nous par la barrière de
l'Adriatique ; cesse de te tourmenter pour les besoins d'une vie qui
demande si peu. La brillante jeunesse fuit derrière nous avec les
grâces ; les rides et les cheveux blancs chassent les folâtres amours
et le facile sommeil. Les fleurs du printemps ne conservent pas toujours leur fraîcheur ; la lune ne fait pas briller son disque lumineux
sous un seul aspect. Pourquoi fatiguer ton esprit d'éternels projets
qui passent ta portée ? Ah ! plutôt, tandis qu'il est temps encore,
pourquoi ne buvons-nous pas, mollement étendus sous ce platane
élevé, ou à l'ombre de ce pin, après avoir embaumé de roses et de
parfums d'Assyrie nos têtes blanchissantes ? Bacchus dissipe les
soucis rongeurs. Quel jeune esclave fera rafraîchir au plus vite notre

CARMEN XI.

AD QUINCTIUM HIRPINUM.

ODE XI.

A QUINCTIUS HIRPINUS.

Remittas quærere,
Hirpine Quincti,
quid cogitet
Cantaber bellicosus,
et Scythes, divisus
Hadria objecto,
nec trepides
in usum
ævi poscentis pauca.
Levis juventas et decor
fugit retro,
canitie
arida
pellente amores lascivos
somnumque facilem.
Idem honor
non est semper
floribus vernis
neque luna rubens
nitet
uno vultu.
Quid fatigas
consiliis æternis
animum minorem?
Cur non potamus jacentes
sic temere
vel sub platano alta
vel hac pinu,
et odorati rosa
capillos canos,
dum licet,
unctique
nardo Assyria?
Evius dissipat

Néglige de chercher,
Hirpinus Quinctius,
quelle chose médite
le Cantabre belliqueux,
et le Scythe, séparé *de nous*
par la mer-Adriatique mise-devant *lui*,
et ne t'inquiète pas
pour l'usage (les besoins)
d'une vie qui demande peu *de choses*.
La brillante jeunesse et la grâce
fuient en-arrière,
les cheveux-blancs
qui-viennent-de-la-sécheresse
chassant les amours joyeux
et le sommeil facile.
Le même honneur (éclat)
n'est pas toujours
aux fleurs du-printemps
et la lune éclatante
ne brille *pas toujours*
avec un même visage.
Pourquoi fatigues-tu
de projets éternels (lointains)
ton esprit trop-faible?
Pourquoi ne buvons-nous pas couchés
ainsi au hasard
ou sous un platane élevé
ou sous ce pin,
et embaumés (couronnés) de rose
sur *nos* cheveux blancs,
tandis que *la chose* est possible
et frottés
de nard (parfum) d'-Assyrie?
Évius (Bacchus) dissipe

Curas edaces. Quis puer ocius
　Restinguet ardentis Falerni
　Pocula prætereunte lympha?　　　　　　　20
Quis' devium scortum eliciet domo
Lyden? eburna, dic age, cum lyra
　Maturet in comtum Lacænæ
　More comas, religata nodum.

brûlant Falerne dans ce ruisseau qui fuit? Quel autre nous amènera,
de sa demeure écartée, la courtisane Lydé? Qu'elle se hâte et qu'elle
arrive avec sa lyre d'ivoire, les cheveux relevés sans art avec un
simple nœud, à la manière des vierges de Lacédémone.

curas edaces.	les soucis rongeurs.
Quis puer	Quel esclave
restinguet ocius	rafraîchira promptement
pocula Falerni ardentis	les coupes du Falerne ardent
lympha prætereunte?	dans l'eau qui-coule-près-de *nous* ?
Quis eliciet domo	Lequel fera-sortir de la maison
Lyden scortum devium?	Lydé courtisane qui-vit-à-l'écart?
age dic , maturet	allons dis, qu'elle se-hâte *de venir*
cum lyra eburna	avec sa lyre d'-ivoire
religata comas	rattachée dans *sa* chevelure
in nodum comtum	en nœud peigné
more Lacænæ.	à la manière d'une Lacédémonienne.

CARMEN XII.

AD MÆCENATEM.

Nolis longa feræ bella Numantiæ [1]
Nec dirum Hannibalem nec Siculum mare
Pœno purpureum sanguine mollibus
    Aptari citharæ modis,
Nec sævos Lapithas [2] et nimium mero   5
Hylæum domitosque Herculea manu
Telluris juvenes, unde periculum
    Fulgens contremuit domus
Saturni veteris ; tuque pedestribus
Dices historiis prælia Cæsaris,   10
Mæcenas, melius ductaque per vias
    Regum colla minacium.
Me dulces dominæ Musa Licymniæ
Cantus, me voluit dicere lucidum
Fulgentes oculos, et bene mutuis   15
    Fidum pectus amoribus ;
Quam nec ferre pedem dedecuit choris
Nec certare joco nec dare brachia
Ludentem nitidis virginibus sacro
    Dianæ celebris die.   20

ODE XII.

A MÉCÈNE.

N'exige pas que ma lyre aux tendres accords essaye de chanter les longues guerres de la farouche Numance, ni l'implacable Hannibal et la mer de Sicile rougie du sang des Carthaginois, ni les cruels Lapithes, ni l'ivresse d'Hylée, ni les enfants de la Terre domptés par le bras d'Hercule, race belliqueuse qui fit trembler le palais éclatant du vieux Saturne. Tu diras mieux que moi, ô Mécène, dans tes histoires, affranchies du rhythme, les combats de César, et ces rois menaçants traînés en triomphe dans Rome, le cou chargé de chaînes. Ma Muse ne veut chanter que la douce voix de Licymnie, le feu de ses regards et son cœur fidèle à vos mutuelles amours : Licymnie que l'on voit avec tant de grâce, tantôt se mêler aux chœurs de danse, tantôt se livrer aux luttes de l'esprit, et tantôt, en se jouant, enlacer ses bras aux bras de ses charmantes compagnes, dans ces jours consacrés aux fêtes de Diane ! Voudrais-tu, pour tous les biens

CARMEN XII.

AD MÆCENATEM.

ODE XII.

A MÉCÈNE.

Nolis longa bella	Ne veuille pas *que* la longue guerre
feræ Numantiæ	de la farouche Numance
nec dirum Hannibalem	ni l'implacable Hannibal
nec mare Siculum	ni la mer de Sicile
purpureum	rougie
sanguine Pœno	du sang carthaginois
aptari	être (soient) ajustés
mollibus modis citharæ,	aux tendres accords de *ma* lyre,
nec sævos Lapithas	ni les barbares Lapithes
et Hylæum nimium mero	et Hylée qui-fit-excès de vin
juvenesque Telluris	et les jeunes *héros fils* de la Terre
domitos manu Herculea ;	domptés par la main d'-Hercule,
unde domus fulgens	d'où (par lesquels) la maison brillante
veteris Saturni	du vieux Saturne
contremuit periculum ;	craignit le danger (trembla) ;
tuque, Mæcenas,	et toi, Mécène,
dices melius	tu diras mieux *que moi*
historiis pedestribus	dans des histoires écrites-en-prose
prælia Cæsaris	les combats de César
collaque regum minacium	et les cous des rois menaçants
ducta per vias.	traînés à travers les rues.
Musa voluit	La muse a voulu
me dicere	moi célébrer (que je célèbre)
dulces cantus	les doux chants
Licymniæ dominæ,	de Licymnie *ta* maîtresse,
me	*elle a voulu* moi *célébrer*
oculos fulgentes lucidum,	*ses* yeux brillants d'un-vif-éclat,
et pectus fidum	et *son* cœur fidèle
amoribus bene mutuis ;	à *vos* amours bien réciproques ;
quam nec dedecuit	à laquelle il ne messied pas
ferre pedem choris	de porter le pied (danser) dans les chœurs
nec certare joco	ni de lutter en badinage
nec dare brachia ludentem	ni donner le bras en jouant (dansant)
nitidis virginibus	aux brillantes jeunes-filles
die sacro	le jour sacré
Dianæ celebris.	de Diane célèbre.

Num tu, quæ tenuit dives Achæmenes[3],
Aut pinguis Phrygiæ Mygdonias[4] opes
Permutare velis crine Licymniæ,
     Plenas aut Arabum domos?
Dum flagrantia detorquet ad oscula   25
Cervicem aut facili sævitia negat,
Quæ poscente magis gaudeat eripi,
     Interdum rapere occupet.

---

de l'opulent Achémène, pour toutes les richesses de la fertile Phrygie, pour tous les trésors dont regorgent les palais des Arabes, céder
un seul cheveu de Licymnie, quand, détournant la tête, elle s'offre
à tes baisers brûlants; ou quand, s'armant d'une résistance facile à
vaincre, elle les refuse à ton ardeur, heureuse que tu les lui ravisses,
et de t'en dérober un à son tour?

Num tu	Est-ce-que toi
velis permutare	tu voudrais échanger
quæ tenuit	ce que posséda
dives Achæmenes,	le riche Achémène,
aut opes Mygdonias	ou les richesses mygdoniennes
pinguis Phrygiæ,	de la grasse (opulente) Phrygie,
aut domos plenas	ou les maisons pleines (opulentes)
Arabum,	des Arabes,
crine Licymniæ?	contre un cheveu de Licymnie?
dum detorquet cervicum	lorsqu'elle tourne *son* cou
ad oscula flagrantia	vers *tes* baisers brûlants
aut negat	ou qu'elle refuse
sævitia facili,	avec une rigueur facile (faible),
quæ gaudeat magis	ce qu'elle aime mieux
eripi poscente,	être ravi par *toi* qui *le* demande,
interdum	*et ce que* quelquefois
occupet rapere.	elle s'empresse de ravir.

CARMEN XIII.

IN ARBOREM.

Ille et nefasto te posuit die,
Quicumque primum, et sacrilega manu
 Produxit, arbos, in nepotum
 Perniciem opprobriumque pagi;
Illum et parentis crediderim sui   5
Fregisse cervicem et penetralia
 Sparsisse nocturno[1] cruore
 Hospitis; ille venena Colcha[2]
Et quidquid usquam concipitur nefas,
Tractavit, agro qui statuit meo   10
 Te, triste lignum, te caducum[3]
 In domini caput immerentis.
Quid quisque vitet, nunquam homini satis
Cautum est in horas : navita Bosporum[4]
 Pœnus perhorrescit neque ultra   15
 Cæca timet aliunde fata,
Miles sagittas et celerem fugam
Parthi[5], catenas Parthus et Italum
 Robur ; sed improvisa leti
 Vis rapuit rapietque gentes.   20

ODE XIII.

CONTRE UN ARBRE.

Qui que ce soit qui t'ait planté, arbre fatal, ce fut dans un jour néfaste, c'est d'une main sacrilége qu'il t'a fait croître, pour le malheur de la race future et la honte du hameau. Sans doute, il avait brisé le crâne de son père; il avait, pendant la nuit, souillé son foyer du sang de son hôte; il avait mis en œuvre les poisons de Colchos; il avait osé tout ce que l'esprit humain conçoit de forfaits, celui qui te plaça dans mon champ, bois maudit, qui es tombé sur la tête innocente de ton maître.

Nul ne peut, à toute heure, prévoir les dangers qui nous menacent. Le nocher carthaginois frissonne de crainte à la vue du Bosphore et ne soupçonne pas les périls cachés qui l'attendent ailleurs. Le soldat romain redoute les flèches du Parthe et sa fuite rapide; le Parthe, les chaînes et les prisons de l'Italie. Mais toujours les traits imprévus de la mort ont frappé et frapperont les humains.

CARMEN XIII.

IN ARBOREM.

ODE XIII.

CONTRE UN ARBRE.

Ille quicumque	Celui-là quel-qu'il-soit-qui
primum, arbos,	a *planté toi* d'abord, arbre,
et posuit te	et a planté toi
die nefasto,	un jour néfaste,
et produxit	et *t'*a fait-croître
manu sacrilega	d'une main sacrilége
in perniciem nepotum	pour le malheur des descendants
opprobriumque pagi ;	et l'opprobre du hameau ;
crediderim	je croirais (je serais porté à croire)
illum et fregisse cervicem	lui et avoir brisé le cou
sui parentis	de son père
et sparsisse penetralia	et avoir arrosé *son* foyer
cruore nocturno	du sang nocturne (versé la nuit)
hospitis ;	de *son* hôte ;
ille tractavit	celui-là a manié
venena Colcha	les poisons de-la-Colchide
et quidquid nefas	et tout crime
concipitur	qui est (peut être) conçu
usquam ;	quelque part,
qui statuit	*lui* qui a placé
meo agro	dans mon champ
te, lignum triste,	toi, bois (arbre) fatal,
te caducum in caput	toi qui-es-tombé sur la tête
domini immerentis.	de ton maître innocent.
Quid quisque vitet,	Ce que chacun doit-éviter,
nunquam est satis cautum	n'est jamais assez prévu
homini	par l'homme
in horas :	à *chaque* heure :
navita Pœnus	le pilote carthaginois
perhorrescit Bosporum	redoute le Bosphore
neque timet ultra	et il ne craint pas au delà
fata cæca	les destins (malheurs) cachés
aliunde,	*qui peuvent arriver* d'autre part,
miles	le soldat *romain redoute*
sagittas Parthi	les flèches du Parthe
et fugam celerem,	et *sa* fuite rapide,
Parthus catenas	le Parthe *redoute* les chaînes
et robur Italum ;	et la prison d'-Italie (romaine);
sed vis improvisa leti	mais la force imprévue de la mort
rapuit rapietque gentes.	a enlevé et enlèvera les peuples.

Quam pene furvæ regna Proserpinæ
Et judicantem vidimus Æacum,
  Sedesque discretas piorum et
  Æoliis fidibus querentem
Sappho puellis de popularibus [6],   25
Et te sonantem plenius aureo,
  Alcæe [7], plectro dura navis,
  Dura fugæ mala, dura belli!
Utrumque sacro digna silentio
Mirantur Umbræ dicere; sed magis   30
  Pugnas et exactos tyrannos
  Densum humeris bibit aure vulgus [8].
Quid mirum? ubi illis carminibus stupens
Demittit atras bellua centiceps
  Aures et intorti capillis   35
  Eumenidum recreantur angues.
Quin et Prometheus [9] et Pelopis parens
Dulci laborum decipitur sono;
  Nec curat Orion [10] leones
  Aut timidos agitare lyncas.   40

  Combien j'ai été près de voir le royaume de la noire Proserpine.
Éaque jugeant sur son tribunal, les retraites réservées aux âmes
pures, Sapho se plaignant, sur son luth éolien, des vierges de Lesbos;
et toi, Alcée, qui, d'un ton plus mâle, chantes sur ta lyre d'or les
fatigues de la mer, les rigueurs de l'exil et les malheurs de la guerre.
Les Ombres les admirent l'un et l'autre dans un religieux silence;
mais leur foule s'entasse et se presse surtout pour enivrer son oreille
du récit des combats et des tyrans détrônés. Comment s'en étonner,
quand le monstre aux cent têtes, immobile et cédant lui-même au
charme de cette divine harmonie, abaisse ses noires oreilles; quand
les serpents enlacés aux cheveux des Euménides, tressaillent de
plaisir? Que dis-je? à ces doux concerts, Prométhée et le père de
Pélops ne sentent plus leurs souffrances, et Orion lui-même oublie de
poursuivre les lions et les lynx timides.

Quam pene	Combien presque (de combien près)
vidimus	nous avons vu
regna furvæ Proserpinæ	les royaumes de la pâle Proserpine
et Æacum judicantem,	et Eaque qui juge,
sedesque piorum	et les demeures des *hommes* pieux
discretas	séparées *du Tartare*
et Sappho querentem	et Sappho qui se plaint
fidibus Æoliis	sur *sa* lyre Eolienne
de puellis popularibus,	des jeunes-filles de-son-pays,
et te, Alcæc,	et toi, Alcée,
sonantem	qui fais-résonner (qui chantes)
plenius	d'une-manière-plus-mâle
plectro aureo	sur *ta* lyre d'-or [de la mer),
dura mala navis,	les durs maux du vaisseau (les dangers
dura fugæ,	les durs *maux* de l'exil,
dura belli !	les durs *maux* de la guerre !
Umbræ mirantur	Les Ombres s'étonnent [cré)
silentio sacro	dans *leur* silence (retraite-silencieuse) sa-
utrumque dicere	l'un-et-l'autre (Alcée et Sapho) chanter
digna;	des choses dignes *d'être écoutées;*
sed vulgus densum humeris	mais la foule serrée par les épaules
bibit aure	boit par l'oreille (écoute avidement)
magis	plutôt (de préférence)
pugnas et tyrannos exactos.	les combats et les tyrans chassés.
Quid mirum ?	Quoi d'étonnant ?
ubi	dès que (puisque)
bellua centiceps	le monstre aux-cent-têtes (Cerbère)
stupens illis carminibus	frappé de ces chants
demittit atras aures,	baisse *ses* noires oreilles,
et angues Eumenidum	et que les serpents des Euménides
intorti capillis recreantur.	enlacés à *leurs* cheveux sont charmés.
Quin et Prometheus	Bien plus et Prométhée
et parens Pelopis	et le père de Pélops
decipitur laborum	sont trompés sur (oublient) *leurs* travaux
sono dulci ;	par *ce* son agréable ;
nec Orion curat	et Orion ne songe plus
agitare leones	à poursuivre les lions
aut lyncas timidos.	ou les lynx timides.

CARMEN XIV.

AD POSTUMUM.

Eheu ! fugaces, Postume, Postume,
Labuntur anni , nec pietas moram
    Rugis et instanti senectæ
    Afferet indomitæque morti ;
Non, si trecenis, quotquot eunt dies,   5
Amice , places illacrimabilem
    Plutona tauris , qui ter amplum
    Geryonen Tityonque ¹ tristi
Compescit unda , scilicet omnibus,
Quicumque terræ munere vescimur,   10
    Enaviganda, sive reges
    Sive inopes erimus coloni.
Frustra cruento Marte carebimus
Fractisque rauci fluctibus Hadriæ,
    Frustra per autumnos nocentem   15
    Corporibus metuemus Austrum :
Visendus ater flumine languido
Cocytus errans et Danai genus
    Infame damnatusque longi
    Sisyphus Æolides laboris.   20

ODE XIV.

A POSTUME.

Hélas ! Postume, cher Postume, les années s'écoulent comme un
torrent, et la piété ne saurait retarder ni les rides de l'âge, ni la
vieillesse qui nous presse, ni la mort que rien ne peut désarmer : non.
quand, chaque jour, tu immolerais trois cents taureaux à Pluton, à
cet inexorable dieu qui enchaîne Tityus et le triple Géryon dans les
lugubres détours de ce fleuve que doivent traverser tous ceux que la
terre nourrit, les rois comme les pauvres laboureurs. En vain évi-
terons-nous les jeux sanglants de Mars et les flots de l'Adriatique,
qui se brisent en mugissant sur le rivage ; en vain, nous garantirons-
nous pendant l'automne du souffle dangereux de l'Auster : il faudra
visiter le Cocyte, qui traîne languissamment ses noires ondes, et
l'exécrable race de Danaüs, et le fils d'Éole, condamné à d'éternels
travaux.

CARMEN XIV.

AD POSTUMUM.

Eheu! Postume,
Postume,
anni fugaces labuntur,
nec pietas afferet moram
rugis
et senectæ instanti
mortique indomitæ;
non,
si places, amice,
quotquot eunt dies
trecenis tauris
Plutona illacrimabilem,
qui compescit
Geryonen ter amplum
Tityonque
unda tristi,
scilicet enaviganda
omnibus,
quicumque vescimur
munere terræ,
sive erimus reges
sive
inopes coloni.
Frustra carebimus
Marte cruento
fluctibusque fractis
Hadriæ rauci,
frustra per autumnos
metuemus corporibus
Austrum nocentem :
ater Cocytus
errans flumine languido
visendus
et genus infame Danai
Sisyphusque Æolides
damnatus longi laboris.

ODE XIV.

A POSTUME.

Hélas, Postume,
Postume,
les années fugitives s'écoulent,
et la piété n'apportera pas de retard
aux rides
et à la vieillesse qui *nous* presse
et à la mort inflexible;
elle n'y apportera pas *de retard*,
si (quand même) tu apaiserais, ami,
autant que s'écoulent de jours (chaque
par trois cents taureaux   [jour)
Pluton, qui-ne-pleure-pas (inexorable),
qui enchaîne
Géryon trois fois large
et Tityé
d'une onde fatale,
c'est-à-dire qui-doit-être-traversée
par *nous* tous,
qui nous nourrissons
des productions de la terre,
soit que nous soyons rois
soit que *nous soyons*
de pauvres laboureurs.
En vain nous nous abstiendrons
de Mars (la guerre) sanglant
et des flots brisés
de la mer-Adriatique *au-bruit*-rauque,
en vain pendant les automnes
nous craindrons pour *nos* corps
l'Auster qui nuit (funeste) :
le noir Cocyte
qui s'écoule par un cours languissant
doit-être-visité *par nous*
et la race infâme de Danaüs
et Sisyphe fils-d'Éole
condamné à un long travail.

9.

Linquenda tellus et domus et placens
Uxor, neque harum, quas colis, arborum
  Te, præter invisas cupressos
  Ulla brevem dominum sequetur.
Absumet heres Cæcuba dignior   25
Servata centum clavibus et mero
  Tinget pavimentum superbum
  Pontificum potiore cœnis.

Il faudra quitter la terre et ta demeure, et ton épouse chérie; et de tous ces arbres que tu cultives, nul, excepté l'odieux cyprès, ne suivra son maître d'un jour. Un héritier, plus digne de jouir, boira ce Cécube gardé sous cent clefs, et arrosera ton pavé magnifique d'un vin plus exquis que celui des festins sacrés.

Tellus linquenda
et domus
et uxor placens,
neque ulla harum arborum,
quas colis,
sequetur te,
dominum brevem,
præter invisas cupressos.
Heres dignior
absumet Cæcuba
servata centum clavibus
et tinget
pavimentum superbum
mero potiore
cœnis pontificum.

La terre doit-être-quittée
et *ta* maison
et *ton* épouse aimable,
et aucun de ces arbres,
que tu cultives,
ne suivra toi,
maître de-courte-durée,
excepté les odieux cyprès.
Un héritier plus digne
consommera le Cécube
gardé sous cent clefs
et arrosera
le pavé superbe
d'un vin préférable
à *celui des* repas des pontifes.

CARMEN XV.

IN SÆCULI SUI LUXUM.

Jam pauca aratro jugera regiæ
Moles relinquent, undique latius
 Extenta visentur Lucrino [1]
Stagna lacu platanusque cælebs
Evincet ulmos. Tum violaria et   5
Myrtus et omnis copia narium
 Spargent olivetis odorem
 Fertilibus domino priori ;
Tum spissa ramis laurea fervidos
Excludet ictus. Non ita Romuli   10
 Præscriptum et intonsi Catonis
 Auspiciis veterumque norma.
Privatus illis census erat brevis,
Commune magnum : nulla decempedis
 Metata privatis opacam   15
 Porticus excipiebat Arcton [2] ;
Nec fortuitum spernere cespitem
Leges sinebant, oppida publico
 Sumptu jubentes et deorum
 Templa novo decorare saxo.   20

ODE XV.

CONTRE LE LUXE DE SON SIÈCLE.

Bientôt nos royales demeures, masse colossale, laisseront peu
d'arpents de terre à la charrue ; partout on verra s'étendre des viviers plus grands que le lac Lucrin, et le platane solitaire rempla-
cera l'ormeau. Alors la violette, le myrte, et tous les trésors de
l'odorat, répandront leurs parfums aux lieux où l'olivier fertile en-
richissait son premier possesseur ; alors l'épais feuillage du laurier
repoussera les traits brûlants du soleil.

Ce n'est point là ce que nous ont enseigné les exemples de Romulus, le sauvage Caton et la discipline des premiers Romains. Dans
ces temps le revenu du citoyen était petit, celui de la république était
immense. Un simple particulier n'élevait pas de vastes portiques
pour y recevoir les fraîcheurs du Nord. Il n'était point permis de
dédaigner l'humble demeure de chaume, et les lois consacraient la
richesse publique à embellir les cités, et à tirer des carrières le
marbre qui devait décorer le temple des dieux.

CARMEN XV.

IN LUXUM
SUI SÆCULI.

Jam
moles regiæ
relinquent aratro
pauca jugera ,
undique visentur
stagna
extenta latius
lacu Lucrino ,
platanusque cælebs
evincet ulmos.
Tum violaria et myrtus
et omnis copia narium
spargent odorem
olivetis
fertilibus domino priori ;
tum laurea
spissa ramis
excludet
ictus fervidos.
Non ita præscriptum
auspiciis Romuli
et Catonis
intonsi
normaque veterum.
Illis census privatus
erat brevis ,
commune magnum :
nulla porticus
metata decempedis
privatis
excipiebat opacam Arcton;
nec leges sinebant
spernere
cespitem fortuitum ,
jubentes
decorare oppida
sumptu publico
et templa deorum
novo saxo.

ODE XV.

CONTRE LE LUXE
DE SON SIÈCLE.

Bientôt
nos masses (constructions) royales
laisseront à la charrue
peu d'arpents ,
de toutes parts seront vus (on verra)
des viviers
étendus plus au large (plus spacieux)
que le lac Lucrin ,
et le platane solitaire
chassera les ormeaux.
Alors les violettes et le myrte
et tous les trésors des narines
répandront de l'odeur
dans les lieux-plantés-d'oliviers
fertiles pour le maître ancien ;
alors le laurier
épais par les rameaux
repoussera
les traits brûlants *du soleil.*
Il n'était point ainsi prescrit
par les auspices (exemples) de Romulus
et de Caton
aux-cheveux-non-coupés (austère)
et par la règle des anciens.
A eux le cens (la fortune) particulière
était petite ,
le trésor public *était* grand (riche) :
aucun portique
mesuré avec des perches-de-dix-pieds
de-particuliers
ne recevait le frais vent du nord ;
et les lois ne permettaient pas
de dédaigner
le chaume qu'-on-trouve-partout (com-
ordonnant   [mun),
d'orner les cités (monuments)
aux frais publics
et les temples des dieux
d'un nouveau rocher (marbre).

CARMEN XVI.

AD GROSPHUM.

Otium divos rogat in patenti
Prensus Ægæo[1], simul atra nubes
Condidit Lunam neque certa fulgent
    Sidera nautis;
Otium bello furiosa Thrace,   5
Otium Medi pharetra decori,
Grosphe[2], non gemmis neque purpura ve-
    nale neque auro.
Non enim gazæ neque consularis
Submovet lictor miseros tumultus   10
Mentis et curas laqueata circum
    Tecta volantes.
Vivitur parvo bene, cui paternum
Splendet in mensa tenui salinum,
Nec leves somnos timor aut cupido   15
    Sordidus aufert.
Quid brevi fortes jaculamur ævo
Multa? quid terras alio calentes
Sole mutamus? patriæ quis exul
    Se quoque fugit?   20

ODE XVI.

A GROSPHUS.

C'est le repos que demande aux dieux le navigateur surpris au milieu de la mer Egée, lorsque de sombres nuages ont caché la lune, et que les astres, ses guides fidèles, ne brillent plus à ses regards. C'est le repos que demandent le Thrace belliqueux, et le Mède qui pare son épaule d'un carquois; mais ce repos, cher Grosphus, ni les pierres précieuses, ni la pourpre, ni l'or ne sauraient l'acheter. Non, les trésors des rois, les licteurs consulaires, ne peuvent chasser les troubles malheureux de l'âme, ni les soucis qui voltigent sous les lambris dorés.

Il vit content de peu celui qui fait briller sur sa table modeste la salière de ses pères, celui dont le tranquille sommeil n'est troublé ni par la crainte ni par la sordide avarice. Pourquoi, dans une vie si courte, ces ardents désirs qui s'élancent vers tant de buts? Pourquoi chercher des terres qu'échauffe un autre soleil? En s'exilant de sa

CARMEN XVI.

AD GROSPHUM.

Prensus
in patenti Ægæo
rogat otium divos,
simul atra nubes
condidit Lunam
neque sidera certa
fulgent nautis;
Thrace
furiosa bello
otium,
Medi decori pharetra
otium
non venale, Grosphe,
gemmis
neque purpura neque auro.
Non enim gazæ
neque lictor consularis
submovet
tumultus miseros mentis
et curas volantes
circum tecta laqueata.
Vivitur parvo bene,
cui salinum paternum
splendet in mensa tenui,
nec timor
aut cupido sordidus
aufert somnos leves.
Quid ævo brevi
fortes
jaculamur multa?
quid mutamus
terras calentes
alio sole?
quis exul patriæ
se fugit quoque?

ODE XVI.

A GROSPHUS.

Celui *qui est* surpris
sur la vaste mer-Égée
demande le repos aux dieux,
aussitôt qu'un noir nuage
a caché la Lune
et que les astres sûrs
ne brillent plus pour les matelots;
la Thrace
pleine-d'ardeur pour la guerre
demande le repos aux dieux,
les Mèdes parés du carquois
demandent aux dieux le repos;
qui n'*est* pas achetable, Grosphus,
avec des pierres-précieuses
ni avec de la pourpre ni avec de l'or.
Car ni *les* trésors
ni le licteur consulaire
n'écarte
les troubles malheureux de l'âme
et les soucis qui-voltigent
autour des maisons ornées-de-lambris.
Il est vécu de peu heureusement,
pour celui à qui la salière de-ses-pères
brille sur une table modeste,
ni la crainte
ou l'avarice sordide
ne *lui* enlève le sommeil léger (facile).
Pourquoi dans une vie courte
*faisant-les-*braves
visons nous à beaucoup de choses?
pourquoi échangeons-nous *contre notre*
des terres échauffées   [*patrie*
par un autre soleil?
quel exilé de la patrie
se fuit aussi?

Scandit æratas vitiosa naves
Cura nec turmas equitum relinquit,
Ocior cervis et agente nimbos
    Ocior Euro.
Lætus in præsens animus, quod ultra est,   25
Oderit curare et amara lento
Temperet risu. Nihil est ab omni
    Parte beatum.
Abstulit clarum cita mors Achillem,
Longa Tithonum minuit senectus,   30
Et mihi forsan, tibi quod negarit,
    Porriget hora [3].
Te greges centum Siculæque circum
Mugiunt vaccæ, tibi tollit hinnitum
Apta quadrigis equa, te bis Afro   35
    Murice tinctæ
Vestiunt lanæ : mihi parva rura et
Spiritum Graiæ tenuem Camenæ
Parca non mendax [4] dedit et malignum
    Spernere vulgus.   40

patrie se fuit-on soi-même? Le chagrin qui nous ronge monte avec nous sur les vaisseaux armés d'airain; il suit les escadrons guerriers, plus léger que les cerfs, plus rapide que l'Eurus qui chasse les nuages.

Que l'âme satisfaite du présent craigne de s'inquiéter de l'avenir; qu'un joyeux sourire adoucisse nos peines. Il n'est point de bonheur parfait. Une mort prématurée surprit Achille au milieu de sa gloire; Tithon languit dans une éternelle vieillesse, et le Destin me donnera peut-être ce qu'il t'aura refusé. Autour de toi mugissent cent troupeaux, cent génisses de Sicile; près de toi hennissent des cavales dignes d'un quadrige; pour toi la laine est deux fois teinte de la pourpre d'Afrique, et moi, je tiens de la faveur du sort un petit champ, l'ingénieuse inspiration qui anima les Grecs, et une âme qui sait mépriser les jalouses clameurs du vulgaire.

Cura vitiosa	Le souci qui-gâte-*l'âme*
scandit naves	monte sur les vaisseaux
æratas	armés-d'-airain
nec relinquit	et ne quitte pas
turmas equitum ,	les escadrons de cavaliers ,
ocior cervis	plus rapide que les cerfs
et ocior Euro	et plus rapide que l'Eurus
agente nimbos.	chassant les nuages.
Animus lætus	Que l'esprit joyeux
in præsens	pour le *moment* présent
oderit curare	évite de s'inquiéter
quod est ultra	de ce qui est au delà (de l'avenir)
et temperet risu lento	et qu'il adoucisse par un rire modéré
amara.	les choses amères (les peines).
Nihil est beatum	Rien n'est heureux
ab omni parte.	de tous côtés (parfaitement).
Mors cita	Une mort prompte (prématurée)
abstulit clarum Achillem ,	a enlevé le célèbre Achille ,
longa senectus	une longue vieillesse
minuit Tithonum,	a affaibli Tithon ,
et forsan hora	et peut-être l'heure (le destin)
porriget mihi	offrira à moi
quod negarit tibi.	ce qu'il aura refusé à toi.
Circum te mugiunt	Autour de toi mugissent
centum greges	cent troupeaux
vaccæque Siculæ ,	et *cent* génisses de-Sicile ,
tibi equa	pour toi une cavale
apta quadrigis	bonne *à être attelée* à *ton* quadrige
tollit hinnitum ,	élève (pousse) des hennissements ,
lanæ tinctæ bis	la laine teinte deux fois
murice Afro	de la pourpre africaine (de Tyr)
vestiunt te :	revêt toi :
Parca non mendax	la Parque non menteuse
dedit mihi parva rura	a donné à moi un petit champ
et spiritum tenuem	et l'inspiration ingénieuse
Camenæ Graiæ	de la Muse grecque
et spernere	et *le don* de mépriser
vulgus malignum.	la foule envieuse.

CARMEN XVII.

AD MÆCENATEM.

Cur me querelis exanimas tuis ?
Nec dis amicum est nec mihi te prius
   Obire, Mæcenas, mearum
   Grande decus columenque rerum.
Ah ! te meæ si partem animæ rapit   5
Maturior vis, quid moror altera,
   Nec carus æque nec superstes
   Integer ? Ille dies[1] utramque
Ducet ruinam. Non ego perfidum
Dixi sacramentum : ibimus, ibimus,   10
   Utcumque præcedes, supremum
   Carpere iter comites parati.
Me nec Chimæræ[2] spiritus igneæ,
Nec, si resurgat centimanus Gyas[3],
   Divellet unquam : sic potenti   15
   Justitiæ placitumque Parcis.
Seu Libra, seu me Scorpius adspicit
Formidolosus, pars violentior
   Natalis horæ, seu tyrannus
   Hesperiæ Capricornus undæ,   20

ODE XVII.

A MÉCÈNE.

Pourquoi me déchirer l'âme par tes plaintes ? Non, tu ne mourras point avant moi, Mécène, ô ma gloire, ô mon illustre appui ! ni les dieux ni mon cœur ne sauraient y consentir. Ah ! si un coup prématuré m'enlevait en toi la moitié de mon être, qui retiendrait encore sur la terre l'autre moitié, la moins chère pour moi, et veuve d'une partie d'elle-même ? Le même jour nous emportera tous deux. Je l'ai juré, je ne trahirai point mon serment : dès que tu me montreras le chemin, nous irons, nous irons ensemble, prêts à faire tous deux le dernier voyage. Ni le souffle enflammé de la Chimère, ni Gyas se relevant avec ses cent bras, rien ne pourrait me séparer de toi. Ainsi l'a voulu la puissante Astrée, ainsi l'a voulu le Destin. Que je sois né sous l'empire de la Balance, ou sous l'aspect du Scorpion, témoin sinistre à l'heure de la naissance, ou sous le Capricorne qui règne en

CARMEN XVII.

AD MÆCENATEM.

, Cur me exanimas
tuis querelis?
Est amicum nec dis
nec mihi
te obire prius,
Mæcenas,
grande decus columenque
mearum rerum.
Ah! si vis
maturior
rapit te
partem meæ animæ,
quid moror
altera,
nec æque carus,
nec superstes integer?
Ille dies ducet
utramque ruinam.
Ego non dixi
sacramentum perfidum :
utcumque præcedes,
ibimus, ibimus
comites parati
carpere supremum iter.
Nec spiritus
Chimæræ igneæ
divellet me unquam,
nec, si Gyas
centimanus
resurgat :
sic placitum
Justitiæ potenti
Parcisque.
Seu Libra,
seu Scorpius formidolosus,
pars violentior
horæ natalis,
adspicit me,
seu Capricornus
tyrannus undæ Hesperiæ,

ODE XVII.

A MÉCÈNE.

Pourquoi me fais-tu-mourir
par tes plaintes?
Il n'est agréable ni aux dieux
ni à moi
toi mourir (que tu meures) avant *moi,*
Mécène,
noble ornement et soutien
de ma fortune.
Ah! si la force *de la mort*
plus prompte *que pour moi*
enlève toi
partie (moitié) de mon âme,
pourquoi resté-je (resterais-je) *sur terre*
moi l'autre *partie,*
et n'*étant* pas également cher *à moi-même,*
et ne survivant pas entier?
Ce jour-là entraînera
l'une et l'autre chute (nos deux morts).
Pour moi je n'ai point prononcé
un serment perfide :
dès que tu *me* précéderas,
nous irons, nous irons *ensemble,*
compagnons préparés
à faire le dernier voyage.
Ni le souffle
de la Chimère enflammée
ne séparera moi jamais,
ni, quand même Gyas
aux-cent-mains
se relèverait :
ainsi il a plu
à la Justice puissante
et aux Parques.
Soit que la Balance,
soit que le Scorpion formidable,
partie (astre) plus tyrannique
de l'heure natale,
regarde moi,
soit que le Capricorne
tyran de l'onde d'-Hespérie *regarde moi,*

Utrumque nostrum incredibili modo
Consentit astrum. Te Jovis impio
   Tutela Saturno refulgens [4]
  Eripuit volucrisque Fati
Tardavit alas, quum populus frequens   25
Lætum theatris ter crepuit sonum [5] :
   Me truncus illapsus cerebro [6]
  Sustulerat, nisi Faunus ictum
Dextra levasset, Mercurialium
Custos virorum. Reddere victimas   30
   Ædemque votivam memento
  Nos humilem feriemus agnam.

tyran sur la mer d'Hespérie, une incroyable sympathie unit nos deux étoiles.

Jupiter opposant son éclat tutélaire à l'astre de Saturne t'arracha naguère à sa funeste influence et suspendit le vol rapide de la mort. C'est alors qu'un peuple innombrable fit retentir trois fois le théâtre de ses cris d'allégresse : et moi, un arbre en tombant sur ma tête m'enlevait à la vie, si Faune, qui veille sur les favoris de Mercure, n'eût de sa main tutélaire détourné le coup fatal.

N'oublie pas d'immoler des victimes et d'élever le temple que tu promis aux dieux ; moi, je leur offrirai l'humble sacrifice d'un agneau.

nostrum astrum utrumque	notre étoile l'une-et-l'autre (nos deux
consentit	s'accordent [étoiles)
modo incredibili.	d'une manière incroyable.
Tutela Jovis	L'appui (l'astre tutélaire) de Jupiter
refulgens	brillant-en-face
Saturno impio	de Saturne funeste
eripuit te	a enlevé (a sauvé) toi
tardavitque alas	et a retardé les ailes (le vol)
Fati volucris,	du Destin (de la mort) rapide,
quum populus frequens	lorsque le peuple nombreux
crepuit ter theatris	fit-entendre trois-fois au théâtre
sonum lætum :	un bruit joyeux :
truncus	un tronc d'arbre
illapsus cerebro	étant tombé-sur ma tête
sustulerat me,	avait (aurait) enlevé (tué) moi,
nisi Faunus, custos	si Faune, le protecteur
virorum Mercurialium,	des hommes favorisés-de-Mercure,
levasset ictum	n'eût allégé (détourné) le coup
dextra.	avec sa droite.
Memento	Souviens-toi
reddere victimas	de rendre (payer) les victimes
ædemque votivam :	et le temple promis :
nos feriemus	nous (moi) nous immolerons
humilem agnam.	un humble agneau.

CARMEN XVIII.

IN DIVITUM CUPIDITATEM.

Non ebur neque aureum
Mea renidet in domo lacunar,
Non trabes Hymettiæ [1]
Premunt columnas ultima recisas
Africa, neque Attali [2]   5
Ignotus heres regiam occupavi,
Nec Laconicas [3] mihi
Trahunt honestæ purpuras clientæ.
At fides [4] et ingeni
Benigna vena est, pauperemque dives   10
Me petit : nihil supra
Deos lacesso nec potentem amicum
Largiora flagito,
Satis beatus unicis Sabinis.
Truditur dies die,   15
Novæque pergunt interire Lunæ.
Tu secanda marmora
Locas sub ipsum funus et sepulcri
Immemor struis domos,
Marisque Baiis [5] obstrepentis urges   20
Submovere littora,
Parum locuples continente ripa.

ODE XVIII.

CONTRE LA CUPIDITÉ DES RICHES.

Ni l'ivoire ni les lambris dorés ne brillent dans ma demeure ; les marbres de l'Hymette n'y pèsent point sur des colonnes taillées aux extrémités de l'Afrique. Héritier inconnu, je n'ai point envahi le palais d'un nouvel Attale, et de nobles clientes ne filent pas pour moi la pourpre de Laconie. Mais j'ai une lyre, une heureuse veine poétique, et, quoique pauvre, je suis recherché du riche. Je ne demande rien de plus aux dieux, et je n'importune point un ami puissant pour avoir de plus grands biens : ma terre de Sabine suffit à mon bonheur.

Le jour chasse le jour, la lune se renouvelle et se précipite vers son déclin ; et toi, à la veille de tes funérailles, tu fais scier des marbres ; sans songer au tombeau, tu construis des palais ; le continent te semble trop étroit, et tu forces la mer qui mugit près de

CARMEN XVIII.

IN CUPIDITATEM DIVITUM.

Ebur non renidet
in mea domo
neque lacunar aureum,
trabes Hymettiæ
non premunt columnas
recisas Africa ultima,
neque occupavi
heres ignotus
regiam Attali,
nec honestæ clientæ
trahunt mihi
purpuras Laconicas.
At fides est
et vena benigna ingeni,
divesque petit
me pauperem :
lacesso deos
nihil supra
nec flagito
amicum potentem
largiora,
satis beatus
unicis Sabinis.
Dies truditur die,
novæque Lunæ
pergunt interire.
Tu sub funus ipsum
locas
marmora secanda
et immemor sepulcri
struis domos,
urgesque
submovere littora maris
obstrepentis Baiis,
parum locuples
ripa continente.

ODE XVIII.

CONTRE LA CUPIDITÉ DES RICHES.

L'ivoire ne brille pas
dans ma maison
ni les lambris dorés,
des poutres *de marbre* de-l'Hymette
n'*y* chargent point des colonnes
taillées dans l'Afrique extrême,
et je n'ai point envahi
héritier inconnu
le palais d'Attale,
ni de nobles clientes
ne filent pour moi
la pourpre de-Laconie.
Mais une lyre est *à moi*
et une veine féconde de génie,
et le riche recherche
moi pauvre :
je ne demande aux dieux
rien au delà
et je ne sollicite pas
d'un ami puissant
des biens plus abondants,
suffisamment heureux
de *mon* unique terre-de-Sabine.
Le jour est chassé par le jour,
et de nouvelles Lunes
continuent de finir.
Toi au moment de la mort même
tu mets-en-adjudication
des marbres devant être sciés
et oubliant le tombeau
tu construis des maisons,
et tu t'empresses
de reculer le rivage de la mer
qui-murmure-près de Baïes,
trop peu riche
de la rive qui-tient-au-continent.

Quid? quod usque proximos
Revellis agri terminos et ultra
    Limites clientium   25
Salis avarus? Pellitur paternos
    In sinu ferens deos
Et uxor et vir sordidosque natos.
    Nulla certior tamen
Rapacis Orci fine destinata   30
    Aula divitem manet
Herum. Quid ultra tendis? Æque tellus
    Pauperi recluditur
Regumque pueris, nec satelles Orci
    Callidum Promethea [6]   35
Revexit, auro captus. Hic superbum
    Tantalum atque Tantali
Genus [7] coercet; hic levare functum
    Pauperem laboribus
Vocatus atque non vocatus audit.   40

Baïes à reculer son rivage. Le dirai-je? tu arraches les bornes des
champs voisins, et ta cupidité franchit les limites de tes clients. Tu
chasses de leurs foyers et l'épouse et l'époux, emportant dans leur
sein les dieux de leurs pères et leurs enfants demi-nus. Et cependant
il n'est pas pour le riche de palais plus assuré que le palais de Pluton, dont tout est la proie. Que cherches-tu de plus? La terre s'ouvre
également pour le pauvre et pour les enfants des rois. L'incorruptible gardien des enfers n'a pas, séduit par l'or, fait repasser l'Achéron à l'ingénieux Prométhée. Il retient toujours le fier Tantale et
toute sa race; et, que le pauvre l'invoque ou ne l'invoque pas, il
l'exauce toujours en terminant ses peines.

Quid? quod usque	Que *dis-je?* puisque (bien plus) sans-cesse
revellis terminos agri	tu arraches les bornes du champ
proximos	voisines (les bornes du champ voisin)
et avarus salis	et avide tu sautes
ultra limites clientium?	par-dessus les bornes des clients?
Et uxor et vir pellitur	Et l'épouse et l'époux sont chassés
ferens in sinu	emportant dans *leur* sein
deos paternos	les dieux de-leurs-pères
natosque sordidos.	et leurs enfants couverts-de-haillons.
Nulla aula tamen	Aucun palais pourtant
manet herum divitem	n'attend le maître riche
certior	*qui lui soit* plus assuré
destinata	*que le palais* assigné-d'-avance
fine Orci rapacis.	par le terme de Pluton avide.
Quid tendis ultra?	Pourquoi tends-tu au delà?
Tellus recluditur æque	La terre s'ouvre également
pauperi	pour le pauvre
puerisque regum,	et pour les enfants des rois,
nec satelles Orci	ni le gardien de Pluton (Charon)
revexit, captus auro,	n'a ramené, séduit par l'or,
callidum Promethea.	l'ingénieux Prométhée.
Hic coercet	Celui-là (Pluton) retient
superbum Tantalum	le superbe Tantale
atque genus Tantali;	et la race de Tantale;
hic vocatus	celui-là appelé
atque non vocatus	et non appelé
levare pauperem	à soulager le pauvre
functum laboribus	qui s'est acquitté (a supporté) des travaux
audit.	*l'exauce.*

CARMEN XIX.

IN BACCHUM.

Bacchum in remotis carmina rupibus
Vidi docentem, credite, posteri,
   Nymphasque discentes et aures
   Capripedum Satyrorum acutas.
Evoe [1], recenti mens trepidat metu,   5
Plenoque Bacchi pectore turbidum
   Lætatur. Evoe, parce, Liber,
   Parce, gravi metuende thyrso.
Fas pervicaces est mihi Thyadas [2]
Vinique fontem lactis et uberes   10
   Cantare rivos, atque truncis
   Lapsa cavis iterare mella ;
Fas et beatæ conjugis additum
Stellis honorem [3] tectaque Penthei [4]
   Disjecta non leni ruina,   15
   Thracis et exitium Lycurgi [5].
Tu flectis amnes [6], tu mare barbarum [7],
Tu separatis uvidus in jugis
   Nodo coerces viperino
   Bistonidum [8] sine fraude crines :   20

ODE XIX.

A BACCHUS.

J'ai vu, n'en doutez pas, races futures, j'ai vu sur une roche écartée, Bacchus enseignant l'art des vers ; les Nymphes l'écoutaient, et les Satyres aux pieds de chèvre dressaient leurs oreilles. Evoé ! mon cœur frémit encore de terreur ; plein de ta divinité, ô Bacchus, mon sein palpite de trouble et de joie. Evoé ! épargne-moi, épargne-moi, Bacchus, ô toi qui fais tout trembler sous ton thyrse redoutable !

Je puis chanter les Thyades indomptables, les fontaines de vin, les larges ruisseaux de lait, et le miel qui coule du creux des chênes ; je puis chanter la couronne de ton heureuse épouse, nouvel ornement de la voûte céleste, et la chute terrible de la maison de Penthée, et la mort du Thrace Lycurgue.

Tu domptes les fleuves et les mers barbares. Échauffé de ta liqueur divine, tu vas sur les monts solitaires enlacer les vipères en nœuds innocents dans la chevelure des Bacchantes. Quand la cohorte impie

CARMEN XIX.

IN BACCHUM.

Vidi Bacchum,
credite, posteri,
docentem carmina
in rupibus remotis
Nymphasque discentes
et aures acutas
Satyrorum capripedum.
Evoe, mens trepidat
metu recenti,
pectoreque pleno Bacchi
lætatur turbidum.
Evoe,
Liber, parce,
parce, metuende
thyrso gravi.
Est fas mihi cantare
Thyadas pervicaces
fontemque vini
et rivos uberes lactis,
atque iterare
mella lapsa truncis cavis;
fas et
honorem beatæ conjugis
additum stellis
tectaque Penthei disjecta
ruina non leni,
et exitium
Thracis Lycurgi.
Tu flectis amnes,
tu mare barbarum,
tu uvidus
in jugis separatis
coerces nodo viperino
crines Bistonidum
sine fraude : ·

ODE XIX.

A BACCHUS.

J'ai vu Bacchus,
croyez-*moi*, descendants,
enseignant des chants
sur des rochers écartés
et les Nymphes qui apprenaient
et les oreilles pointues
des Satyres aux-pieds-de-chèvre.
Evoé, *mon* âme frémit
d'une terreur nouvelle,
et le cœur plein de Bacchus
elle se réjouit avec-trouble.
Evoe,
Bacchus, épargne-*moi*,
épargne-*moi*, *Dieu* redoutable
par *ton* thyrse terrible.
Il est permis à moi de chanter
les Thyades indomptables
et les fontaines de vin
et les ruisseaux abondants de lait,
et de raconter
le miel qui tombe des troncs creux ;
il m'est permis aussi *de chanter*
l'ornement de *ton* heureuse épouse
ajouté aux étoiles
et la maison de Penthée renversée
par une ruine non légère (terrible),
et la mort
du Thrace Lycurgue.
Toi tu domptes les fleuves,
tu *domptes* la mer barbare,
toi humide *de vin* (légèrement ivre)
sur les monts séparés (solitaires)
tu enlaces d'un nœud de-vipères
les cheveux des *femmes* thraces
sans dommage (sans danger) :

Tu, quum parentis regna per arduum
Cohors Gigantum scanderet impia,
    Rhœtum [9] retorsisti leonis
    Unguibus horribilique mala;
Quanquam choreis aptior et jocis   25
Ludoque dictus, non sat idoneus
    Pugnæ ferebaris : sed idem
    Pacis eras mediusque belli.
Te vidit insons Cerberus aureo
Cornu [10] decorum, leniter atterens   30
    Caudam et recedentis trilingui
    Ore pedes tetigitque crura.

des Géants, franchissant la hauteur des cieux, escaladait le palais
de ton père, on t'a vu, lion terrible, repousser Rhétus avec tes ongles
et ta gueule effroyable. Et pourtant, tu n'étais fait, disait-on, que
pour les jeux, les danses et les plaisirs, et l'on te croyait inhabile
aux combats : mais tu étais à la fois le dieu de la paix, et le dieu de
la guerre. Cerbère lui-même, à ta sortie des enfers, en voyant les
cornes d'or qui paraient ton front, oublia sa fureur ; sa queue frappa
doucement la terre, et de sa triple langue il caressa tes pieds et tes
genoux.

Quum cohors impia	Quand la cohorte impie
Gigantum	des Géants
scanderet per arduum	escaladait à travers l'*espace* élevé
regna parentis,	l'empire de *ton* père,
tu retorsisti Rhœtum	toi tu as repoussé Rhétus
unguibus leonis	avec les ongles d'un lion
malaque horribili ;	et *sa* mâchoire effroyable ;
quanquam dictus	pourtant renommé
aptior choreis	*pour être* plus propre aux danses
et jocis ludoque,	et aux jeux et au plaisir,
non ferebaris	tu n'étais pas cité
sat idoneus pugnæ :	*comme* assez propre au combat : [ment)
sed idem eras	mais *toi* le même tu étais (tu étais également-)
medius pacis bellique.	aussi-propre à la paix et à la guerre.
Cerberus vidit te	Cerbère vit toi
decorum cornu aureo	orné d'une corne d'-or
insons,	sans-*te*-faire-de-mal ,
et atterens leniter caudam	et en remuant doucement la queue
tetigit	il toucha (il lécha)
ore trilingui	de *sa* gueule à-trois-langues
pedes cruraque	les pieds et les jambes
recedentis.	*de toi* qui sortais *de l'enfer.*

CARMEN XX.

AD MÆCENATEM.

Non usitata nec tenui ferar
Penna[1] biformis[2] per liquidum æthera
   Vates, neque in terris morabor
   Longius invidiaque major
Urbes relinquam. Non ego pauperum   5
Sanguis parentum, non ego, quem vocas,
   Dilecte Mæcenas, obibo,
   Nec Stygia cohibebor unda.
Jamjam residunt cruribus asperæ
Pelles et album mutor in alitem   10
   Superne nascunturque leves
   Per digitos humerosque plumæ.
Jam Dædaleo ocior Icaro[3],
Visam gementis littora Bospori[4]
   Syrtesque Gætulas[5] canorus   15
   Ales Hyperboreosque campos[6].

ODE XX.

A MÉCÈNE.

Porté sur une aile puissante et inconnue aux mortels, je vais, sous une double forme, m'élancer dans les plaines de l'air. Je ne serai pas retenu plus longtemps sur la terre, et, vainqueur de l'envie, j'abandonnerai le séjour des hommes. Non, je ne mourrai point, moi, rejeton d'une pauvre famille, moi, que tu appelles près de toi, cher Mécène, et je ne serai point enfermé dans les contours du Styx. Déjà une peau plus rude s'étend sur mes jambes ; ma tête est celle d'un oiseau au blanc plumage, et des plumes naissantes revêtent d'un duvet argenté mes mains et mes épaules.

Bientôt plus rapide que le fils de Dédale, j'irai, chantre mélodieux, visiter les rivages mugissants du Bosphore, les Syrtes de Gétulie et les champs hyperboréens. L'habitant de la Colchide, le

CARMEN XX.	ODE XX.
AD MÆCENATEM.	A MÉCÈNE.

Vates biformis	Poëte de-deux-natures
ferar	je serai porté,
per æthera liquidum	à travers l'air transparent
penna non usitata	sur une aile non ordinaire
nec tenui,	ni faible,
neque morabor longius	et je ne resterai pas plus longtemps
in terris	sur la terre
majorque invidia	et plus-grand que l'envie
relinquam urbes.	je quitterai les villes.
Non obibo	Je ne mourrai pas
ego sanguis	moi sang (fils)
parentum pauperum,	de parents pauvres,
non	je ne mourrai pas
ego, quem vocas,	moi, que tu appelles près de toi,
dilecte Mæcenas,	cher Mécène,
nec cohibebor	et je ne serai pas retenu
unda Stygia.	par l'eau du-Styx.
Jamjam pelles asperæ	Déjà une peau rude
residunt cruribus	s'établit (s'étend) sur mes jambes
et mutor superne	et je suis changé par-le-haut
in alitem album*	en un oiseau blanc
plumæque leves nascuntur	et des plumes légères naissent
per digitos humerosque.	sur mes doigts et mes épaules.
Jam ocior	Bientôt plus rapide
Icaro Dædaleo	qu'Icare fils-de-Dédale
visam littora	je visiterai les rivages
Bospori gementis	du Bosphore mugissant
alesque canorus	et devenu oiseau mélodieux
Syrtes Gætulas	je visiterai les Syrtes de-Gétulie
camposque Hyperboreos.	et les champs hyperboréens.

Me Colchus[7] et qui dissimulat metum
Marsæ cohortis[8] Dacus[9] et ultimi
    Noscent Geloni[10], me peritus
    Discet Hiber[11] Rhodanique potor[12].   20
Absint inani funere neniæ[13]
Luctusque turpes et querimoniæ ;
    Compesce clamorem ac sepulcri
    Mitte supervacuos honores.

Dace qui dissimule l'effroi que lui causent les bataillons marses, et le Gélon, aux extrémités du monde, connaîtront mes vers. L'Ibérie devenue plus savante, et le peuple qui boit les eaux du Rhône, entendront parler de moi. Que les chants funèbres, les lamentations, le deuil et les honteux gémissements n'accompagnent pas mes vaines funérailles : retiens tes plaintes et épargne-moi les honneurs superflus du tombeau.

Colchus	L'habitant-de la-Colchide
et Dacus qui dissimulat	et le Dace qui dissimule
metum cohortis Marsæ	*sa* crainte de la cohorte marse
et Geloni ultimi	et les Gélons lointains
noscent me,	connaîtront moi,
Hiber peritus,	l'Ibère, *quand il sera* instruit,
potorque Rhodani	et celui-qui-boit le Rhône
discet me.	apprendra moi (me connaîtra).
Neniæ	Que les chants-lugubres
luctusque turpes	et le deuil hideux
et querimoniæ	et les plaintes
absint funere inani ;	manquent à *mes* funérailles vaines ;
compesce clamorem	retiens les cris
ac mitte	et néglige
honores supervacuos	les honneurs superflus
sepulcri.	d'un tombeau.

NOTES.

ODE I.

Note 1. *Metello consule.* L'an de Rome 694, temps où éclatèrent les brouilleries entre César et Pompée.

— 2. *Vitia* veut bien dire ici les fautes des chefs. De même Cicéron : *Cujus me facti pœnituit, non tam propter periculum meum, quam propter vitia multa, quæ ibi offendi.*

— 3. *Principum amicitias.* Le fameux triumvirat de César, Pompée et Crassus.

— 4. *Pollio.* C. Asinius Pollion. Il fut, comme Mécène, le protecteur d'Horace et de Virgile. Il passa du parti de Pompée à celui de César, servit Antoine, fut consul l'an de Rome 713, et prit Salone aux Dalmates révoltés, ce qui lui valut les honneurs du triomphe : *Dalmatico peperit triumpho.* Il renonça de bonne heure à la carrière politique et se voua tout entier aux lettres. Il avait écrit des tragédies et une histoire des guerres civiles de Rome en vingt-sept livres. Ces ouvrages ont été perdus

— 5. *Dalmatico.* La Dalmatie fait partie de l'ancienne Illyrie.

— 6. *Atrocem* est pris ici en bonne part, comme souvent *sævus.*

— 7. *Amicior.* Les dieux qui favorisaient les Numides dans la guerre de Jugurtha, s'étaient retirés sans avoir vengé la défaite de ces peuples ; mais ils immolèrent ensuite les descendants de ces mêmes Romains, comme des victimes offertes aux mânes du prince africain.

— 8. *Dauniæ* pour *Romanæ.* La Daunie était une partie de l'Apulie.

— 9. *Ceæ... neniæ.* La Muse plaintive de Céos, c'est-à-dire les élégies de Simonide, qui était de Céos, île de la mer Égée.

— 10. *Dionæo.* Dionée, surnom de Vénus, fille de Jupiter et de Dioné. C'est cette Vénus qui épousa Vulcain. (Cicer. *de Nat. Deor.*, lib. II.)

ODE II.

Note 1. *Crispe Sallusti.* Petit-fils ou petit-neveu du célèbre historien de ce nom.

— *2. Proculeius.* Chevalier romain, beau-frère de Mécène, qui avait épousé sa sœur, et, comme Mécène, en grande faveur auprès d'Auguste. Il partagea son patrimoine avec ses frères, que le malheur des guerres civiles avait dépouillés de leurs biens.

— *3. Gadibus.* Cadix, du mot phénicien *gadir*, « haie, retranchement, » dont les Latins on fait *Gades.* Cette ville est située dans une île nommée anciennement *Erythræa insula*, à l'extrémité méridionale de l'Espagne.

— *4. Uterque Pœnus.* L'une et l'autre Carthage, c'est-à-dire la Carthage d'Afrique et celle d'Espagne.

— *5. Oculo irretorto*, c'est-à-dire sans détourner les yeux des monceaux d'or, et sans se laisser éblouir et séduire par l'éclat de l'or.

ODE III.

Note 1. *Delli.* C'est Dellius l'historien, dont parlent Dion, Plutarque et Sénèque.

— *2. Inacho.* Inachus, premier roi d'Argos.

ODE IV.

Note 1. *Serva Briseis. Serva*, esclave qui avait été prise à la guerre. —*Briseis*, du nom de son père, *Brises.* Son véritable nom était Hippodamie.

— *2. Ajacem Telamone natum. Telamone natum*, pour le distinguer d'Ajax, fils d'Oïlée.

— *3. Tecmessæ.* C'était la fille d'un roi d'une petite province de Phrygie.

— *4. Virgine rapta* désigne Cassandre, enlevée une première fois par Ajax et qui le fut ensuite par Agamemnon, lequel la ravit à Ajax.

— *5. Thessalo victore*, Achille, qui était de Thessalie.

ODE V.

Note 1. *Cnidiusve.* Gnide, ville de Carie (Dorique), à l'entrée du golfe Céramique.

— *2. Discrimen obscurum... ambiguoque vultu.* Ces derniers mots ont sans doute inspiré ces vers charmants d'Ausone :

Dum dubitat natura marem faceretne puellam,
Factus es, o pulcher, pene puella, puer.

Ovide a exprimé aussi avec bonheur la même pensée :

> *Talis erat cultu facies, quam dicere vere*
> *Virgineam in puero, puerilem in virgine posses.*

ODE VI.

Note 1. *Septimi.* Septimius, chevalier romain, ami d'Horace et son compagnon d'armes. C'est lui qu'Horace recommande à Claudius Néron dans l'épître IX du livre I :

> *Septimius, Claudi, nimirum intelligit unus, etc.*

— 2. *Gades*, Cadix. Voy. ci-dessus la note 3 sur l'ode II du présent livre.

— 3. *Cantabrum indoctum juga ferre nostra.* Les Cantabres furent les derniers peuples de l'Espagne subjugés par les Romains. Ils habitaient la partie de la Péninsule représentée aujourd'hui par le Guipuscoa, la Biscaye et la Navarre.

— 4. *Syrtes.* Voy. liv. I, ode XXII, v. 5, et aux notes.

— 5. *Tibur.* Voy. même liv., ode VII, v. 13, et aux notes.

— 6. *Galæsi*, aujourd'hui *Galaso*, le Galèse, rivière de la Calabre C'est sur les bords du Galèse que Virgile a placé son vieillard Cilicien, industrieux cultivateur d'un maigre terrain, et dont il fait un portrait si touchant (*Géorg.*, IV, 125) :

> *Namque sub OEbaliæ memini me turribus altis,*
> *Qua niger humectat flaventia culta Galæsus,*
> *Corycium vidisse senem, cui pauca relicti, etc.*

— 7. *Phalanto.* Des Lacédémoniens, sous la conduite de Phalante, vinrent en Italie fonder la ville de Tarente. — *Regnata Phalanto.* On trouve dans Virgile la même construction : *Acri quondam regnata Lycurgo.*

— 8. *Hymetto.* Le mont Hymette, près d'Athènes, célèbre par son marbre, son thym et ses abeilles.

— 9. *Venafro.* Vénafre, petite ville aux environs de Capoue. Son territoire produisait des olives qui donnaient une huile excellente. Cette huile portait le nom de Vénafre ; Horace en parle souvent.

— 10. *Aulon.* Montagne près de Tarente.

ODE VII.

Note 1. *Bruto.* Horace avait servi sous Brutus dans la guerre que Brutus et Cassius soutenaient contre Antoine et Octave.

— 2. *Philippos*. Philippes, ville de Thessalie. C'est auprès de cette ville que Brutus et Cassius perdirent, contre Octave, la bataille décisive qui laissait le parti républicain sans défenseurs.

— 3. *Bellum*. La guerre que le fils de Pompée ralluma en Sicile.

— 4. *Quem Venus arbitrum dicet bibendi?* On appelait *Vénus* le coup de dés que nous nommons rafle de six. Celui qui l'amenait était roi du festin. Voy. liv. I, IV, v. 18 : *Non regna vini sortiere talis.*

— 5. *Edonis*. Peuple de la Thrace pris ici pour les Thraces eux-mêmes, chez lesquels Bacchus était particulièrement honoré.

ODE VIII.

Note 1. *Simplices Nymphæ. Simplices* ou parce qu'elles sont sans affectation, ou parce qu'elles sont d'humeur douce, sans malice et qu'elles pardonnent volontiers. C'est dans ce dernier sens que Virgile les a appelés *faciles* :

Et quo... sed faciles Nymphæ risere, sacello.

ODE IX.

Note 1. *Mare Caspium*. La mer Caspienne sur les confins de l'Europe et de l'Asie. Les anciens la nommaient quelquefois *Hyrcanum mare*. Ils la supposaient bien plus étendue de l'ouest à l'est qu'elle ne l'est réellement. Pomponius Méla nous la dépeint ainsi : *Mare Caspium omne atrox, sævum, sine portubus, procellis undique expositum ac belluis magis quam cætera refertum, et ideo minus navigabile.* Ce portrait ne manque pas de ressemblance : la navigation y est encore dangereuse aujourd'hui.

— 2. *Armeniis*. L'Arménie, contrée de l'Asie occidentale, en deçà et au delà de l'Euphrate. Elle n'a pas changé de nom.

— 3. *Valgi*. Titus Valgius, poëte célèbre dont il ne nous reste rien. C'est le même dont parle Horace, dans la Xe sat. du liv. I, et dont Tibulle a dit que personne n'avait approché de plus près Homère :

Valgius, æterno propior non alter Homero.

— 4. *Gargani*. Montagne de l'Apulie, aujourd'hui mont *Saint-Ange*, dans le royaume de Naples.

— 5. *Mysten*. Sans doute un fils de Valgius. Ce qui porte à le croire, c'est que tous les exemples qu'Horace allègue ici sont de pères qui pleurent leurs enfants : Nestor, qui pleure Antiloque ; Priam et Hécube, qui pleurent Troïle.

— 6. *Desine.... querelarum.* Nous trouverons encore au liv. III, xxvii, un hellénisme semblable : *Abstineto irarum.*

— 7. *Niphaten.* Le Niphate, montagne d'Arménie, aujourd'hui mont Nimrod. Un fleuve du même nom y prend sa source; le Tigre y a aussi la sienne.

— 8. *Medumque flumen.* L'Euphrate dont Strabon a dit : *Euphrates dictus est primum Medus.*

— 9. *Gelonos.* Les Gélons, peuple de la Sarmatie d'Europe. Ils s'étaient établis sur la droite du Borysthène (au sud de Kiof), mais dans la suite ils s'avancèrent vers la Thrace, au voisinage des Bisaltes.

ODE X.

Note 1. *Licini.* Licinius Varo Muréna, frère de Térentia, femme de Mécène, et de Proculéius, dont il est parlé dans l'ode ii du présent livre : *Notus in fratres animi paterni.* Licinius conspira contre Auguste avec Fannius Cæpio, l'an de Rome 731.

— 2. *Tacentem musam.* Claudien dit de même : *Sopitos cantus.*

ODE XI.

Note 1. *Hirpine Quincti.* Suivant Gagliani cet Hirpinus était probablement un des secrétaires de Mécène.

ODE XII.

Note 1. *Numantiæ.* Numance était une des villes les plus célèbres de l'Ibérie. Elle résista huit ans aux Romains; elle fut enfin prise et rasée par le second Scipion. Horace lui donne l'épithète de *fera*, pour marquer la valeur féroce de ses habitants, qui aimèrent mieux s'entre-tuer et mettre le feu à leur ville que de se rendre au vainqueur On voit encore les ruines de Numance à une lieue au-dessous de *Soria*, dans la Castille septentrionale.

— 2. *Lapithas.... Hylæum, etc.* Les Lapithes, peuple de la Thessalie. Suivant Dacier, par ces Lapithes et par ces géants qu'Hercule dompta dans les plaines de la Thessalie, Horace entend les troupes de Brutus et de Cassius, qui furent défaites par Auguste presque dans les mêmes lieux à la bataille de Philippes. Hylée, un des Centaures, *nimium mero*, figure, toujours suivant Dacier, Antoine, qui se perdit par son intempérance et que Florus appelle *ebrium imperatorem*.

— 3. *Dives Achœmenes*. Achémène passait pour le premier roi de Perse. Ses descendants, jusqu'à Darius, fils d'Hystaspe, portèrent son nom et furent appelés Achéménides.

— 4. *Migdonias*. Mygdon, roi de Phrygie.

ODE XIII.

Note 1. *Nocturno* est pour *noctu*. De même Virgile, *Énéide*, V, v. 868 : *Nocturnis rexit in undis*.

— 2. *Venena Colcha*. La Colchide, aujourd'hui *Iméréthie* et *Mingrélie*, contrée d'Asie, entre le Pont-Euxin et la mer Caspienne. L'expédition des Argonautes et l'histoire de Médée l'ont rendu fameuse. Elle était également célèbre par ses herbes vénéneuses et ses enchantements.

— 3. *Caducum*, qui est tombé et non pas qui doit ou qui devait tomber. Virgile, *Énéide*, VI, v. 481, dit dans le même sens, *bello caduci*.

— 4. *Bosporum*. Le Bosphore cimmérien, aujourd'hui *détroit de Zabache* ou *d'Iénikaleh*, et le Bosphore de Thrace, aujourd'hui *détroit de Constantinople*. Ces détroits avaient reçu le nom de Bosphore, parce qu'ils sont assez resserrés pour qu'un bœuf puisse les traverser à la nage.

— 5. *Celerem fugam Parthi*. On sait que la retraite des Parthes n'était pas moins à redouter que leur attaque, car ils lançaient leurs flèches en fuyant.

— 6. *Æoliis fidibus querentem Sappho puellis de popularibus.*—*Æoliis* pour *Lesbiis*, parce que Mitylène, capitale de l'île de Lesbos, patrie de Sapho, était une ville des Éoliens qui s'étaient établis dans l'Asie Mineure. — *Querentem*, se plaignant des Mityléniennes, ses compatriotes, dont elle n'avait pu se faire aimer.

— 7. *Alcœe*. Alcée était aussi de Lesbos.

— 8. *Bibit aure vulgus.* Les Latins ont dit *boire avec l'oreille,* pour : écouter avec avidité.

> *Nunc mihi, si qua tenes, ab origine dicere prima,*
> *Incipe : suspensis auribus ista bibam.*
>
> (Propert. lib. III, el. VI.)

— 9. *Prometheus, etc.* Voyez livre I, ode II. — *Pelopis.* Voyez livre I, odes VI et XXVIII.

— 10. *Orion.* Orion, célèbre chasseur. C'était l'opinion des anciens que l'on conservait aux enfers les inclinations que l'on avait eues pendant la vie.

ODE XIV.

Note 1. *Geryonen, Tityonque.* Géryon, fils de Chrysaor et de Callirhoe. Il avait trois corps d'hommes, tête et buste, joints ensemble. C'est pourquoi Horace l'appelle *ter amplum,* et Virgile *tergeminum.* On a fondé cette fiction sur ce que Géryon était roi des îles Baléares, *Majorque, Minorque* et *Iviça.* Géryon fut tué par Hercule. — *Tityon.* Géant qui fut tué par Apollon, et dont le foie est rongé par un vautour.

ODE XV.

Note 1. *Lucrino.* Le lac Lucrin, dans la Campanie, était voisin de l'Averne. Auguste fit couper la langue de terre qui était entre ces deux lacs, sépara par une forte digue le Lucrin de la mer, et fit ainsi un très-grand port : c'était le port Julius. Le Lucrin a été comblé par un tremblement de terre, en 1536.

— 2. *Arcton.* L'Ourse, constellation qui donne son nom au pôle arctique. Horace ajoute *opacam* pour désigner un vent frais venant du nord. Ces portiques, tournés vers le septentrion, ne pouvaient être échauffés par les rayons du soleil, et offraient de l'ombre en tout temps. Il n'y avait pas à Rome, à cette époque de luxe et de délicatesse, une maison qui n'eût un lieu propre à recevoir l'air frais du nord, et aujourd'hui encore les portiques y sont tournés de la même façon.

ODE XVI.

Note 1. *Ægæo.* La mer Égée, aujourd'hui l'Archipel, comprenait ce vaste espace de mer parsemé d'îles, entre la côte de la péninsule grecque, la côte ouest de l'Asie Mineure, la Thrace et l'île de Crète.

Elle tirait son nom d'Égée, roi d'Athènes, qui s'y noya de désespoir, croyant que son fils Thésée avait péri dans son expédition contre le Minotaure.

— 2. *Grosphe.* C'est le même Pompeius Grosphus dont parle Horace dans son épître à Iccius, livre I, ép. XII.

— 3. *Hora. Hora* signifie ici l'horoscope, l'astre qui préside à la naissance, ou, si l'on veut, la Parque, comme dans ce passage de Perse, qui appelle *hora* ce que, dans le même vers, il nomme *parca* (*Sat.*, V, v. 48) :

> *Nostra vel æquali suspendit tempora Libra*
> *Parca tenax veri ; seu nata fidelibus Hora*
> *Dividit in Geminos concordia fata duorum.*

D'autres entendent moins bien par *hora* le temps.

— 4. *Parca non mendax. Parca* est la même chose ici que sept vers plus haut, *hora.* Perse, que nous venons de citer, imite Horace en cet endroit, et l'explique, car *Parca tenax veri* est évidemment pour *Parca non mendax.* Les anciens croyaient que les Parques réglaient les destinées de chacun au moment de la naissance, et que ce qu'elles avaient ordonné était immuable et certain. C'est pourquoi notre poëte dit encore dans le *Chant séculaire* :

> *Vosque, veraces cecinisse, Parcæ,*
> *Quod semel dictum est stabilisque rerum*
> *Terminus servat, bona jam peractis*
> *Jungite fata.*

ODE XVII.

Note 1. *Ille dies.* Le ciel exauça le vœu de l'amitié, et accomplit la prédiction du poëte. Par une coïncidence touchante, le même mois vit mourir le ministre et son ami. Auguste fit faire au poëte de magnifiques funérailles, et il voulut que son tombeau fût élevé auprès du mausolée de Mécène, à l'extrémité des Esquilies.

— 2. *Chimœræ.* Voyez livre I, ode XXVII, v. 24.

— 3. *Centimanus Gyas.* Gyas, un des Titans, fils du Ciel et de la Terre, avait, comme ses frères Cœus et Briarée, cent mains et cinquante têtes.

— 4. Perse exprime la même idée, *Sat.*, V, v. 50 :

> *Saturnumque gravem nostro Jove frangimus una.*

— 5: *Lætum theatris ter crepuit sonum.* Mécène relevant d'une longue maladie, se rendit au théâtre de Pompée; le peuple le reçut avec des applaudissements et de grandes démonstrations de joie. Heureux et fier de la gloire et du bonheur de Mécène, le poëte rappelle ici, pour la seconde fois, cet événement dont il a déjà parlé dans l'ode xx du premier livre :

> . . . . . *Datus in theatro*
> *Quum tibi plausus, etc.*

— 6. *Me truncus illapsus cerebro.* Voyez l'ode xiii du présent livre et l'ode viii du Livre III.

ODE XVIII.

Note 1. *Hymettiæ.* Voyez ode vii du présent livre.

— 2. *Attali.* Voyez livre I, ode i.

— 3. *Laconicas.* Le cap Ténare, en Laconie, était renommé pour ses teintures en pourpre.

— 4. *Fides.* Dacier a traduit ce *fides* par « fidélité ». Bien d'autres traducteurs l'ont suivi dans cette fausse interprétation; *fides* veut dire ici « lyre ». Ce mot ne se trouve employé qu'au pluriel, *fides, fidium.* Le nominatif singulier est *fidis* et non *fides.*

— 5. *Baiis.* Baïes, petite ville de la Campanie sur le golfe du même nom. La beauté des environs y attira les Romains, qui comblèrent par des digues une partie du golfe pour y élever des bâtiments au milieu des eaux, ce qui a fait dire à Virgile (*Énéide*, liv. IX, v. 710) :

> *Qualis in Euboico Baiarum littore quondam*
> . *Saxea pila cadit, magnis quam molibus ante*
> *Constructam jaciunt ponto.*

— 6. *Promethea.* Voyez livre I, ode ii.

— 7. *Tantali genus.* Pélops, Atrée, Thyeste, Agamemnon. — Joignez *levare* à *vocatus.* On pourrait aussi, à la rigueur, le faire dépendre de *audit, audit ad levandum* pour *ut levet,* et voir là un hellénisme.

ODE XIX.

Note 1. *Evoe.* Cri des bacchantes et de ceux qui suivaient Bacchus.

— 2. *Thyadas* ou *Thyiadas,* c'est-à-dire « furieuses ». On donnait ce nom aux prêtresses de Bacchus.

— 3. *Beatæ conjugis additum stellis honorem.* — *Conjugis.* Ariadne, fille de Minos, abandonnée par Thésée dans l'île de Naxos. Bacchus, touché de sa beauté, la prit pour épouse. Une couronne qu'il lui avait donnée fut placée par les dieux au nombre des constellations : c'est la *Couronne d'Ariadne*, entre l'Arcture et Engonasis ou Hercule.

— 4. *Penthei.* Penthée, roi de Thèbes, qui, ayant outragé Bacchus, fut mis en pièces par sa mère Agavé et par ses tantes Ino et Autonoé.

— 5. *Thracis et exitium Licurgi.* Licurgue, roi de Thrace. Bacchus le rendit furieux et aveugle, parce qu'il avait interdit la culture de la vigne dans ses États. Il se coupa lui-même l'extrémité des membres, égorgea son fils Dryas, et fut dévoré par des panthères.

— 6. *Amnes.* L'Indus et le Gange que Bacchus avait rangés sous ses lois.

— 7. *Mare barbarum.* La mer des Indes. *Barbarum* veut dire ici étranger.

— 8. *Bistonidum. Bistones,* femmes de Thrace. Ce mot a ici le sens de bacchantes.

— 9. *Rhœtum* ou *Rhœcum.* Un des Titans.

— 10. *Cornu.* Symbole de la force et du courage. Horace dit ailleurs (livre III, ode XXI) :

> *Tu spem reducis mentibus anxiis*
> *Viresque, et addis cornua pauperi, etc.*

ODE XX.

Note 1. *Non usitata... penna.* Parce qu'il fut le premier Romain qui eût composé des Éoliques. Il rappelle ce titre de gloire dans l'*Exegi monumentum* (livre III, ode XXX et dernière) :

> *Princeps Æolium carmen ad Italos*
> *Deduxisse modos.*

— 2. *Biformis,* c'est-à-dire homme et cygne.

— 3. *Dædaleo ocior Icaro.* Voyez livre I, ode III.

— 4. *Bospori.* Voyez ci-dessus, ode XIII, aux notes.

— 5. *Syrtesque Gætulas.* Contrée de l'Afrique au sud de l'Atlas ; elle avait au nord la Numidie et les deux Mauritanies, à l'est le pays des Garamantes, au sud la Nigritie, et à l'ouest l'Océan Atlantique. Voyez livre I, ode XXII.

— 6. *Hyperboreosque campos.* Cette expression est toujours prise par les anciens dans le sens général des régions septentrionales, sans en déterminer la position, parce qu'ils ne connaissaient pas assez le nord de l'Europe. On en peut dire autant de *Hyperborei montes* qu'ils ont souvent confondus avec les monts Riphées

— 7. *Colchus.* Voyez ci-dessus, ode XIII, aux notes.

— 8. *Marsæ cohortis.* La cohorte marse, ou plutôt les cohortes marses, c'est-à-dire romaines, car les Marses étaient un peuple de l'Italie, de la famille sabellique, et habitaient dans les montagnes qui entourent le lac Fucin. Ils passaient pour les plus braves soldats de l'Italie; d'où le proverbe : *Nec de Marsis, nec sine Marsis posse triumphari.*

— 9. *Dacus.* Les Daces habitaient cette partie de l'Europe où sont maintenant la Bulgarie, la Valachie, la Moldavie et la Transylvanie. Virgile indique assez la situation des Daces par ce vers (*Géorg.*, liv. II, v. 497) :

Aut conjurato descendens Dacus ab Istro.

Le Danube se nommait autrefois Ister, et conserve encore ce nom dans la partie basse de son cours.

— 10. *Geloni.* Voyez ci-dessus, ode IX, aux notes.

— 11. *Peritus.... Hiber.* Au temps d'Auguste les Espagnols commençaient, dit-on, à s'appliquer aux lettres.

— 12. *Rhodanique potor.* L'habitant des bords du Rhône, et par extension les peuples des Gaules. Virgile dit aussi (*Énéide*, VII, v. 715) :

Qui Tiberim Fabarimque bibunt.

— 13. *Absint inani funere neniæ, etc.* Horace ne veut point de ces honneurs funèbres, de ces pleurs, de ces plaintes qui feraient croire qu'il n'est plus; dans sa pensée il ne peut cesser de vivre. Il se souvient ici sans doute de ces vers d'Ennius :

Nemo me lacrimis decoret, nec funera fletu
Faxit. Cur? volito vivu' per ora virum.

Horace ne s'est point trompé : tous les peuples civilisés connaissent et admirent ses poésies; elles assurent à son nom la plus glorieuse immortalité.

www.ingramcontent.com/pod-product-compliance
Lightning Source LLC
Chambersburg PA
CBHW061448030726
47503CB00005B/1617